你若崇拜生活
万种风情
生活便会把你宠得热气腾腾
颠倒众生

你若整日活得
无聊透顶
生活便会把你一拳击倒
再踩两脚

活着，就要热气腾腾

陈九 著

江苏凤凰文艺出版社
JIANGSU PHOENIX LITERATURE AND ART PUBLISHING LTD

比这个万种风情的世界

更值得一看的

是你热气腾腾生活的样子

前言

漂泊隐喻孤独，几成文化定式，我们的古诗词里充斥着这种情调。“春风又绿江南岸，明月何时照我还。”一个“还”字托出孤独感。还有“聚散苦匆匆，此恨无穷。今年花胜去年红。可惜明年花更好，知与谁同？”朋友走着走着就散了，明年情景再好又与何人为伴？还是孤独。然而，这些诗酒文人只是孤独吗？他们的漂泊总有佳人相伴，在小船摇曳的江面上，“小红低唱我吹箫”，有个叫小红的女子陪他弹唱。“墙里秋千墙外道。墙外行人，墙里佳人笑。”秋风逆旅，仍不忘为女人的欢笑心动。每读到这里我都疑惑，多少美妙只有孤独才能享有，比如小红低唱，如果有个三青子在侧，小红一曲歌罢，你尚沉醉于红颜缱绻，他却击掌喝彩，岂不大煞风景，恨不得将他一把推到湖里算数。生活中遇到此种情形千万躲远点，君子成人之美不光为别人的幸福，更为自身安全。

后来漂泊，发现了孤独的魅力。

那个青春荡漾的年华哟，放着好好的工作不干，好好的日子不过，相信命中注定，只身跑到美国留学，一去卅载，生生错过发财的黄金时段。我遗憾过，你看人家又买房又买车，还夜夜笙歌，喝茅台、喝拿铁，歌唱得也越来越专业。上学时我是合唱团指挥，那年北京高校在中央乐团举办培训班，著名合唱指挥边宝驹授课，我是学员。别的同学模仿戴玉强，“百灵鸟，从蓝天飞过，我爱你啊中国……”这个“爱”字高音，我唱不上去，可人家行，“爱爱爱”，坚挺不动、浑厚嘹亮，真不得不服。跟他们比我唯一“盛产”的就是孤独，形影相吊那种。

然而，一旦孤独成真，能够拯救孤独的只有孤独本身。每天，我必须与坚硬的漂泊共舞，在一个三亿人口没一个我认识的国度里，开始苍狼般的独行。尽管我做过充分的心理准备。“悲凉千里道，凄断百年身。心事同漂泊，生涯共苦辛。无论去与往，俱是梦中人。”这样的句子背过很多，本想能聊以自慰，实际却没什么用，根本使不上。感觉完全相反，当你真孤独时——真的不是假的，很多假孤独哟——也许是本能使然，视野便一下打开了，心灵雷达般的搜索范围顷刻扩展，很多过去被忽略的存在呼地涌入心怀，生动柔软。过去我从不钓鱼，那天路过俄亥俄河，突发奇想下车和一个钓鱼者攀谈起来，他告诉我钓鱼是要执照的，我当时想不通，钓鱼还要执照，吃鱼要不？他哈哈大笑说：“好问题，是个好问题！”那一瞬我感到前所未有的满足，吃鱼也要？身份证就是做人的执照，包括吃鱼的权力。

久而久之豁然开朗，孤独是真正的自由，或自由是真正的孤独，都一样，说白了就是可以惯着自己的真性情，随心所欲想干吗干吗。古人有“慎独”之戒，要独善其身，担心真性情坏了纲常，头发不能剃要扎起来，天足不能放要裹起来，欲望也不能乱来，要慎独。记得有一回同学聚会有个女生要结婚，取出准备好的红盖头给大家看。我抢过来盖在她头上再一把扯掉。我只是好奇，体验一下掀盖头的滋味。哎哟，人家新娘都没说话，可周边人那通骂哟，说什么的都有，把我弄得非常狼狈。

于是生活便简单起来，漂泊者失去的只是束缚，获得的却是整个世界。漂泊让我有机会、有心情，用放松的心态领略世界，世界这么大我想去看看，那种丰富和满足是不可名状的。事情都有两方面，当你失去什么时，也会获得些什么，有些成功未必比“不成功”有意义，真性情是价值的灵魂，由此产生的无论什么，比如爱情，比如诗歌，比如真知灼见，都能给人带来真正的满足。既然如此，逃都逃出来了，那就疯吧。“春天里来百花香，啷哩个啷哩个啷哩个啷……”孤独赋予你真诚生活的权力，那就以此去拥抱男人女人，穿越大街小巷、田野山川、贫困和富有、宗教与文明，想说你就说，想唱你就唱，想逃避时不妨躲起来不接电话，想热闹时可以宿醉不归，发举目河山之叹。

生命的每一分钟都能动一次深情，同样，也可以面对最终的归结。我的酒柜里有的是酒，我的冰箱里有的是香肠，哈哈，生活从未像今天这样简单明了，充满激情。

那年因为任性，我放逐了自己，当时没想过会有戏剧性的结果，只想长舒一口气继续活下去，然而生活却颇有戏剧性。随心所欲的生活都是戏剧性的，生命一旦独立，心底的良知便会苏醒。双脚落地回归真实的自己和坦荡的心胸，充沛的欲望和潜在的冲动会让人欢愉得像酒徒一样。世界顷刻变成舞台，生活不再仅为温饱，更为参与自然、社会。人，用个性风采演示自身的存在，摄像机仿佛就架在街角，你用风情万种迎面走过，既然世俗不喜欢你，就干脆让它滚一边去，人随心动，恣情洋溢，做个小疯子咋样，真诚的配角也比假装的男一号带劲儿。

岁月的镜头在蓝天下缓缓摇动，让漂泊的脚步无法停留。与其左右茫顾，不如演到最后一刻。也许，这正是我的宿命，刚好，也是我的选择，两清了。

陈九

2018 年 7 月 10 日于纽约随波斋

02

03

04

05

BOB
MARLEY

01

生活
就像一个姑娘

你必须主动走近她

热情追求她

然后享受她

十七岁，给我一个姑娘

刘翠花是我们连的民工，不知算不算我的初恋。那是1972年，我刚过十七岁生日。我十五岁时加入铁道兵，当兵前虽然对邻居家姐姐有过依恋，但不是你情我愿，人家没那个意思。翠花是第一个与我彼此爱慕的女子，却因农村城市的问题未能发展下去。此后虽然与其他女人有过交往，有过明确的感情倾吐甚至拦腰抱住，但我始终没忘记的是这个美丽的农村女孩儿。情感跟时光一样，又像流水，叫“初”字太沉重。

还是从头儿说。

谁都知道铁道兵是个又苦又累的生计，施工时难免有人手不够的情况发生，特别是搞突击时，总要雇当地的民工帮忙。他们往往做一些粗活，挑土，抬石头，所以民工历来都是男的。可不知咋回事，这次副连长弄来不少女民工，大老远就见一群红红绿绿的姑娘媳妇扛着扁担走来，边走边笑，搅得人心咚咚乱跳。

红红绿绿们真的走近了，大家反倒静下来。副连长站在连部门口儿的高台阶上，特别嘱咐我们要牢记“三大纪律八项注意”，搞好军民关系。其实就是提醒大伙儿千万别胡来，谁不知道八项注意第七条是不许调戏妇女呀，说完他还给我们使个眼色，我就纳闷儿了，既然你怕胡来，干吗非弄一帮女的呢？

打那天起啊，工地可就热闹了！这帮当兵的哪儿见过这么多女的呀？韩班副就甭说了，跟谁都抬杠，总显他能，愣说他肚子里的温度大概有一千度，上次不小心吞了个铁珠子，再没出来，化了。八班平时的“哑巴”邵立纪也开始说话了，先说他们凤阳县出过皇帝朱元璋，又说他们老家靠淮河，淮河里的鱼打上来就扔在地上，随便捡不要钱。老喜立刻打断他，吹牛也不怕闪着舌头。大家你一言我一语，搞得工地跟庙会一样。还别说，连中间叫歇儿的都没了，一猛子干到吃晌午饭。照这速度，三个月的活儿一个月就能完。

干活的时候吧，老有个姑娘在我眼前晃来晃去，她十七八岁左右的样子，跟我年纪相仿，穿一件军装上衣，头上戴着一条红围巾，非常醒目。她的头发亮得像缎子似的，脸蛋白里透红，那双眼睛黑是黑白是白的，像星星一样闪着光泽。你们看过电影《英雄儿女》吗？里面有个叫王芳的女主角非常漂亮，这姑娘就是王芳那种类型的，有时感觉比王芳还美。不知咋回事，我总管不住自己，一会儿看她一眼，一会儿看她一眼，看她挑担子的身段，看她全身绷紧的曲线，还有丰满的胸口随脚步起伏不定，都让我身不由己。我听见有人喊她："翠——花——儿，走了，回家了！"

"哎——来了。"翠花的声音拖得很长，像泉水一样。我愣住了，心想小姑奶奶呀，你就别喊了，喊得我心里一团乱，站在那里发呆。韩班副一下温柔起来，他把粗壮的手往我肩膀上一搭，边点头边嘟囔："别说，这丫头跟你小子真挺配。"我连忙否认："想哪儿去了，流氓不流氓啊你？"

路基真的一个多月就横空出世了，新鲜的泥土在早春的凉风里散发着醉人的芳香。翠花她们娘子军早和大伙儿混熟了。韩班副一见谁在洗衣服就说："洗啥了，让她们洗去。"听听，都她们她们的，连名字都省了。可不知怎么回事，这个翠花就是不跟我说话，迎面撞见时，她把头一低就躲过去了，弄得我更加七上八下忐忑不安。我琢磨着，是衣衫不整、军帽戴歪了，还是让她觉出我有点“好色”、老瞧她？对对，肯定是这个，我一下心虚起来，马上克制自己不再看她，就装着根本没这个人还不行吗。可过了些日子，翠花跟原先一样，还是不理我。

日子这么过着，花快开了。

这天，通讯员突然叫我到连部去，说副连长有事找我。我边走边想，预感要发生什么，心里很不踏实。一到连部，只见副连长笑呵呵地给我倒水让我坐下，说：“小陈啊，你别紧张，是这么回事，民工刘翠花，就那个最好看的丫头，人家看上你了！”“看上我，啥意思？”“她家托人问问你怎么想？人家条件很不错，父亲是抗美援朝的老团长，后来回乡务农了，家里有七间大瓦房呢。翠花排行最小，是全家的心尖子。你要同意呢，我就回人家一声。”我一听差点儿跳起来。“什么？这哪儿行啊，我这么年轻怎么就谈婚论嫁？再说我才刚当兵，根本不想复员呢。”

最后他无奈点点头说：“小陈啊，你们这些城市娃就是心太高，这么好的丫头，我要是你，唉，算了不说了，我这就回人家说你不乐意。”

“不是不乐意，是……”

“是啥，乐意就跟人家谈嘛。”

“我不了解她，她也不了解我呀。”

“少来，我跟你嫂子刚开始也不了解，不还是进了洞房啦。”

“你你，你说的什么呀？”

“咋了，小资产阶级就这副德行，虚。”

……

我惶惶然走回工地，既像背叛，又像失去了什么。只见韩班副远远望着我笑。好啊，肯定是他鼓捣的这门“亲事”。我狠狠瞪他一眼，心乱如麻。

从那天起，翠花就消失了，再没到工地来过。又过了些日子，还是不见她的身影。又过了好多好多日子，天又下雪了，花又快开了，翠花的影子一直在我心头盘绕着不肯离去。我甚至有种想去找副连长告诉他我愿意的冲动，我要娶这个比王芳还美的姑娘，我渴望翠花突然再次出现，不再是梦境而是真的。可一想到我将永远留在这里，与群山大川为伴，这双腿啊，最终还是停了下来。

那是个下雪的黄昏，山里的雪说来就来，纷纷扬扬在我头上飘舞。这时只见西庄那边匆匆跑来一个小伙子，说他们有位产妇急着要去公社医院，请我们派车送一下。副连长连忙叫我和韩班副："老韩，小陈，赶紧着赶紧着，救人如救火，懂不懂啊，快快快！"我们的车子开进西庄村，远远看到一排红瓦房，十分醒目。直到我们开始抬产妇，突然发现竟是翠花！她挺个大肚子在床上辗转反侧，我与她四目相对，她看着我我看着她，都愣住了，直到我实在忍不住，泪水哗地涌出来洒在她脸上，沿着她的眼角缓缓而下，打湿了耳垂和鬓丝，落在枕头上。

当晚，翠花生了个女孩儿。雪一直下着，玻璃窗上飞舞的雪花，像一群好奇的孩子在悄悄往屋里窥望。翠花已疲惫地睡去。她的丈夫，那位淳朴的小伙子，还有韩班副，都在走廊的长椅上睡着了。病房里很静很暖和。我望着翠花安详的面孔，突然发现自己从未这么近地守着她看着她，连她的呼吸都听得到。

真美，她真美。

后来，我再没回过西庄村。直到十几年前的夏天，我随战友们旧地重游，他们特意陪我绕进村子，寻找那排红色瓦房。找啊找啊，我觉得是这个地方，因为山还在嘛，可房子全变了，整个西庄村已变得认不出了，这里现在是度假胜地，层层叠叠盖起许多家庭旅馆，什么农家饭，原生态食品，行走的人影，匆匆的面孔，哪容得下我这片情怀呢。我没有说话，战友们看着我，也没说话。

生活有时很可爱，仿佛初恋的模样

汾河边上的河口村是个只有几十户人家的小村庄。那年我们连被派到那里搞营建，营建就是盖房子，修建给排水系统，为后续部队的到来创造条件。我们在当地一个化肥厂边上安营扎寨，为的是方便用他们的水电供应。有几天，化肥厂食堂中午开饭时，我发现连里有些战士也往那边跑，不知为什么。化肥厂食堂紧挨着我们营房，但两家人从来是泾渭分明。我忍不住问七班长陆永明，他是个“包打听”，张家长李家短三个蛤蟆五个眼，没他不知道的。他用诡异的眼神瞟着我问:“真不知道？”“知道什么呀？”“牛双双呀！”“是李双双吧，那个演员吗？”

陆永明哈哈大笑起来：“牛双双，化肥厂的大美人，快去看看吧。可别看在眼里拔不出来啊。”

我跟陆永明赶到通往化肥厂食堂的那条路时，广播站的喇叭正在放一首电影插曲：“啊呀累，千里雷声喂，万里闪喽喂，解放拔了咱，穷命根喽喂。”陆永明根本没顾上告诉我哪个是牛双双，可我一下就确定了，这个正从我身旁走过的就是她。她看上去也就二十来岁，一副晋中女人典型的鹅蛋脸，皮肤白皙，嘴唇是鲜艳的粉红色。我曾怀疑西方画家用粉红色描绘年轻女人嘴唇和乳头的真实性。怎么会这么粉？直到看见牛双双，我才相信女人居然可以美到这种程度！她的眼睛明亮深邃，略带几分撩人的抑郁。手里拿着一个铝质饭盒，一对长长的辫子随风飞舞，丰满的臀部使得上衣在腰间打了个褶子。陆永明捅捅我：“兄弟，醒醒，没骗你吧。”

我不得不承认，美是一种力量，那种威力就像地震、炸弹、电闪雷鸣一样。自打见了牛双双之后，再听到谁聊女人，特别是说起牛双双时，我原来那股子自命清高的劲头怎么也拿不起来了。那天下工回来，我正在洗手洗脸，陆永明摇头晃脑地走进我们房间。他面带红光，眼里闪着光彩，每次打听到点什么新闻时，他总是这副神情。

“哈哈，地雷的秘密我探听出来了。”

“什么啊？”

“不见鬼子不挂弦儿。”

“关于谁的？”

“装，跟我装，还能谁的？”

“我知道谁的？”

“你的心肝儿牛双双呗。”

说着，陆永明非让我给他上根烟，否则不讲给我听。要按我平时的脾气，你爱说不说，我才不理你呢。可这回愣就硬气不起来。有什么了不起的，点上就点上。她怎么成我的心肝儿了？我一边心怦怦地跳，一边把烟递给陆永明。陆永明接着告诉我，牛双双是太原的知青。父母都是山西大学的教授。父亲因留过洋，几年前被红卫兵斗死了。她还有个舅舅好像在台湾，社会关系挺复杂。她在化肥厂尿素车间工作，那是最艰苦的部门，光那个味道就能熏死人。没人愿意去，可她已经干了四五年了。

“听着挺可怜的。”

“没错，真够可怜的。”

汾河的水在入秋时变得很大，仿佛在故意迎合这个丰收的季节。河上渡桥的桥墩平时都是赤裸的，可现在已经被水盖住一大半。这是座窄窄的，只能让两个人对面走过的小木桥，我们去河口村买烟都要经过它。那天晚上轮到我站岗，皓月当空，小木桥的影子清晰可见，像祭坛一样在眼前冷峻地矗立着。我已好多天都打不起精神来。牛双双的长辫子像梦一样时隐时现环绕着我，她的境遇在我心中挥之不去，如鲠在喉。我寂寞地在哨位附近徘徊，时不时用冲锋枪下意识地瞄向小桥。

就在这时，我看见一个人，分明是一个女人正向桥心走去。都下半夜了，谁呀？我一边向小桥移动，一边紧紧盯着那个人。她在桥中央走来走去，时而望着流水，时而捂住面颊，很像痛不欲生的样子。我此时已逼近桥下，冲锋枪的保险已经打开，我冲她大吼道：“什么人？站住！”她吓了一跳，惊慌失措地把脸转向我。我顿时愣住了，牛双双！月光下，她长发凌乱，苍白的脸和苗条的身材让我目瞪口呆。还没等我缓过神儿来，她已消失在夜色中，无序的脚步声在午夜里久久回荡。

第二天一早，我连忙把昨晚的事告诉陆永明。他睁大眼睛望着我说：“兄弟，我也正想告诉你，据我最新情报，牛双双马上要结婚了，娶她的就是化肥厂刚死了老婆的李书记。”“李书记？他不是有七个孩子吗？”我的血一下涌上脑子，“他都能当牛双双的爹了。他要是敢欺负人，老子就毙了他！”陆永明一把按住我：“兄弟，我就怕你这个狗脾气，弄不好昨晚你救了牛双双一命啊。你琢磨，她大半夜一个人跑到桥上会有什么好事？”陆永明一字一顿地问道。“你是说，她要……”

“行了，什么都甭说了。”无论陆永明怎么劝，我非要见见牛双双不可。我要当面问她，为什么嫁给那个死了老婆有七个孩子都能做她爹的人？只要她说出一个“不”字，老子就敢教训那个老色鬼，然后带着她离开这里。陆永明咬牙切齿地警告我：“你是军人知道不？这么乱来会受处分的。再说就算你救得了人，也救不了命啊。好好好，我陪你去，行了吧？”

那天我们俩在通向化肥厂食堂的路边等牛双双。远远看着她走来，那张鹅蛋脸还是那么美丽，可已毫无生气，那对大辫子还在风中摇曳，像两只焦急的鸟儿环绕着她飞翔。我直愣愣地走上去叫住她：“你是牛双双吧，我能跟你说几句话吗？”她好像认出了我，低下头，静静地走在我身边。

“真的要嫁给他？你爱他吗？怎么不说话？”

泪水遮住了她的脸，她转身跑开了。后来我又去找过牛双双好几次，但从那以后再也没见过她。算起来，她现在也是五十大几岁的人了，你说她还会梳那么长的辫子吗？会的，我想她一定会。

女人脸上的妆有多厚，情就有多重

每天读报，无意间发现些女人的事，比如纽约女人化妆的某些秘密。信手拈来随便聊聊。千万别说我多管闲事，俗话说“女为悦己者容”，司马迁管得我也管得。“女为悦己者容”啥意思？女人化妆的检验官是男人，她们化妆专为让我们检验的。

纽约女人最早用化妆品的年纪是几岁？据统计，她们开始使用化妆品的平均年龄是 16 岁。这个使用是指化妆已成为每天必做之事，非偶然为之。纽约州法律规定女人 16 岁为成年，知道成年是什么意思？就是可以结婚了。真是巧合，女人结婚不化妆可出不了门子。

那么，到何时为止呢？统计显示，平均来说，纽约女人一般在 65 岁上下开始停止使用化妆品。定义是一样的，就是不再每天常规使用。

还有，一般来说，纽约女人购买化妆品为每年 5 次，每次开销 40 美元。如果按 16 岁到 65 岁这个年龄段计算，一个纽约女人一辈子花在化妆品上的钱约 1.3 万美元。其中，唇膏为 1600 美元，眼影为 2500 美元，睫毛膏为 3500 美元。你看，并不像想象得那么多，有些中国女人比这更奢侈。

此外，对于纽约女性来说，70% 的人不化妆不出门，68% 的女性认为，化妆使她们更自信，甚至 20% 的人说，她们从不让先生或男友看到她们不化妆的样子，甚至在床上！我闹不懂，那味道以及动不动就掉渣儿，不影响情绪吗？

还没完呐，纽约女人一般在什么地方化妆呢？1/3 说在通勤火车上或乘坐地铁时，其余的在洗手间。我每天乘通勤火车进出曼哈顿，车上经常看到正在化妆的女人（和男人）。她们泰然自若，就像男人在马路上抽烟。先打底油，上底粉，再涂腮红，然后涂固定粉。最后一步是关键，没这层固定粉就容易脱妆。接着才是涂眼影、卷睫毛、上口红。很复杂，是系统工程。不过有个问题我至今没弄明白，上班化妆是为有好形象，那下班化妆是为什么呢？不少女人在下班火车上也一丝不苟地化妆，累不累呀，化给谁看？不会是她先生吧，可手上又带着结婚戒指，还什么年纪的都有，年轻的、中年的。我真看不懂，女为悦己者容，她这是要悦谁呢？

我想起阿尔巴尼亚电影《第八个是铜像》里的一句话：“我敢说，再没什么比生活本身更奇怪了。”我还想起郭德纲的一句台词：“你管得着嘛。”前边那句说她，后边这句说我。不搭不配，正合适。

用“我老公”抵挡这个世界的明枪暗箭

只要你跟纽约女人聊大天儿，出不了三句她肯定得带出一句“我老公如何如何”。开始时有些不习惯，咱俩聊天儿关你老公屁事儿，用得着嘛，我又没想勾引你。时间长了就见怪不怪了，其实这是一种文化，文化是长期积累的生活习惯。我发现，女人常把“我老公”挂在嘴边并不坏，很有实用价值。

凡世间饮食男女，欲莫大焉。人的自然属性是第一位的，因此男女间的基本关系是两性关系。这么说您别不高兴，没什么可羞耻的，人类如果都男不男女不女那倒真麻烦了。我们遇到一个人，第一反应就是性别，这是男的，那是女的，如此等等，离开这个基本点，人们之间交往的方式就全乱套，天下大乱了。你跟男服务员吵架急了可以动手，如果服务员是“翠花”，你也动手就没劲了，忒现眼。

纽约女人这个习惯，说到底，是在第一时间确定与周边人们交往的规则，而确定规则最有效的方式是把自己的状态说清，即我是结了婚的女人。彼此状态都清楚之后，自然人就开始按社会规则交往，状态不混沌，利益也就不会混沌，什么都不混沌，误解就会被降低到最低程度。什么叫社会效率？这就是。

比如，一女人看某个男人不地道，贼眉鼠眼瞎寻摸，一句“我老公”有可能就将他的色胆破了。你要不这么说，一个劲儿绷着，装嫩，含含糊糊，那坏了，这男的肯定蹬鼻子上脸，弄不好就出事。既然如此，不如一开始就甭管是男是女有意无意，先来一句“我老公”，全省了。打住，嘿，说你呢，打住。

当然也不全为这个，哪有那么多坏人呀。纽约女人这么说恐怕还有另一层意思，那就是，我有家，我在过正常生活。这句话的潜台词是表明她对家庭价值的追求，她不是自由主义者，不是野路子，是正派人。没错，甭管你把纽约想得多前卫多混乱，真实纽约人的生活还是比较保守的，推崇家庭，关爱子女，夫唱妇随，这仍然是纽约人的生活写照。凡与此相反的，都是上不了台面的。她有老公她敢满世界喊，你是同性恋，同性恋无罪，但你不敢喊，还是难登大雅之堂。

还有一种情况，如果女人之间也说“我老公”，那最好离她们远点儿，这一准是比老公呢。女人好比，哪儿都一样。这么说绝不包括不同意此说法的女性，千万别跟我玩儿命。女人什么都比，耳环、项链、汽车、住房，也包括老公。妻以夫贵，先来一句“我老公”垫底，接着再把我老公是干什么的，在哪儿工作，挣多少钱带出来。好像马三立的相声，介个，你有吗？什么叫庸俗，世上缺少庸俗就没意思了，饭不香炕不热，没劲。

但是，文章都在但是之后。纽约女人虽把“我老公”挂在嘴边，但如果真要那什么，一句话是挡不住的。原因不多说，你们都经历过，比我懂。

所谓青春，就是一场恰到好处的盛宴

周末参加友人的生日聚会，在一家豪华餐厅顶楼，席开十来桌。这个朋友是位成功女企业家，公司开得大，朋友也多，所以十几桌坐得满满的，还得加座。有专业音响、专业主持、专业歌手、专业菜肴，什么都专业，还有，专业脱衣舞郎。等等，怎么脱衣舞都出来了？

是这么回事。

本来节目都不错，前总政歌手邵小姐唱的《芦花》，比原唱雷佳还棒，非常优美传情。“芦花飞，芦花美，花开为了谁。”我觉得我们这些海外游子就像芦花一样随风飘荡，四海为家，旱地拔葱，平地钻窟窿，一步一滴汗水走过来的。我们也像芦花一样扎堆儿合群，守望相助，同为天涯人，相逢何必曾相识。

还有一位仁兄，不记得他的名字。他非说自己是业余的，可他唱的电视剧《金大班》里那段粤语歌曲，绝对堪比刘德华张学友，跟这位仁兄的歌喉比，那些明星们顷刻暗淡。他不仅唱，整体做派，俗话叫范儿，简直像百老汇的舞台剧，加上灯光一打，堪称完美。都说纽约藏龙卧虎，一点儿不假。

节目很多，再说一个《打虎上山》，这是《智取威虎山》中杨子荣的经典唱段。这位专业演员原为山东京剧团老生，姓范，小伙子真棒，连唱带做滴滴香浓。这段唱是高腔，很高，想保持高音的强度很不容易，可是人家小范，前奏一起，米，来米索，索米索西拉，西拉西拉索，拉拉，索米索，马上搭起架子，气冲那，霄汉汉汉汉汉。就这霄汉二字得顶住了，小伙子真不含糊。

在这关键时刻，突然冒出一位洋人警察猛男。开始我纳闷儿，怎么警服不系扣儿，连胸肌胸毛都露着？只听摇滚乐响起，该警察竟翩翩起舞。原来不知是哪位客人在毫无预警的情况下，请来脱衣舞郎现场助兴。只见他边跳边脱边脱边跳，肌肉越来越多衣服越来越少，最后只剩丰满的内裤。起初我并未在意，一回头，发现全桌女客没影儿了。人呢？再看其他桌，女的一个没有，都消失了。我转身再往舞台望去，好嘛，一阵龙卷风似的，女士们全扑了上去，水泄不通。她们不断尖叫，围着猛男共舞，往他身上塞钱，性情无限，激情无限，春风无限，无限无限。

我大为震惊。都说男人如狼，看来女人比男人更猛，男人再狼也不会如此奋不顾身，大庭广众之下，激情奔放与脱衣舞娘共舞。面对眼前这些尽情欢乐的东方女性，我深感羞愧，跟她们相比，我们太虚伪，太装孙子，因此也太不会享受生活的乐趣。我们玩儿矜持，真正惩罚的只能是自己，生命短暂，我们已不年轻，还能装孙子到何时，难道装到棺材里吗？我用羡慕且欣赏的目光望着这群女人，觉得她们如此生动美丽，她们都是性情中人，她们敢于表现真性情。

当然，她们并没有超出应有的法度。

好看的皮囊是用心经营出来的

有个传说，当年林肯总统曾因某人相貌丑陋而拒绝任用他。此人甚觉不平，说相貌受之父母无法选择。林肯的答复是:“不，四十岁以后，你的相貌风采你自己负责。”最近我读书时无意中发现了这个故事，有名有姓，看来不像假的。

这也符合人之常情。相貌是变化的，老友久别重逢，哎哟，他风度翩翩嘛。几十年前的小赤佬，现在风度翩翩。或者，哎哟，当年一枝花咋就成大妈啦，邋里邋遢。相貌变化不光是肉体的，更是精神的，一个人的内心世界，对自己对生活的期望，都影响着外形变化。遗传不是简单复制，而只是个框架结构，个人的成长发展是自己走出来的，赖不着父母。所以林肯不用丑陋的人有道理，对四十岁以上的人不妨来点以貌取人,这未必就不公平,而是经验使然,只要不过分就好。

那，什么样的精神能让人有风采呢?

早在1976年周总理去世时，当时的《参考消息》刊登过很多海外人士对周总理的怀念文章。其中有个姓余的，他文章中有这样一句话：“风度来源于内心的伟大。”真是一语点醒梦中人，我再未忘记这句话。周总理是卓越的政治家，他毕生忠于理想,那就是“大江歌罢掉头东,邃密群科济世穷,面壁十年图破壁，难酬蹈海亦英雄”。他的理想就是救中国救穷人，将中国从半殖民地半封建的牢笼中解放出来，让中国昂首挺胸于世界。他不为自己，没有个人企图，甚至不惜放弃个人生活，清教徒一样为理想、为民族解放和人民幸福，鞠躬尽瘁、死而后已。正是这种内心的伟大和纯净，给了周总理风采绝伦的非凡气度。如果将他青年的照片和中年后的照片比较，很明显，周总理是越老越风度翩翩。

何止周总理，那一代政治家有个共同特点：气度非凡，令人肃然起敬，言谈举止招招式式都带着强大气场，令人震撼、折服。翻开那时的相册，天安门上、大会堂里、田间工厂、山岳河湖，当他们出现时，那就是实打实的天人合一，胜过所有文艺复兴时期的宗教画作。他们的风采是一致的，皆源于对高尚理想的毕生追求，无私无我，为民族为人民奋斗终生。看着他们，我们有理由相信，理想和对理想的追求才是风采的源泉，否则就很难解释那一代政治家的共性。道理很简单，当你为国家民族的事业拼搏时，心中必生神圣高尚之情感，该情感引领你的喜怒哀乐，上接星辰日月，下连土地山川，取天地之精华，聚万物之灵性，折射上苍之使命，排解众生之嗷哺，你说，他们岂有不美之理！

四十岁以后的人，特别是男人，千万别把一身俗气怪在父母身上，千万别把鬼似的模样怪在祖宗头上。你拿着自己照片好好看，仔细琢磨琢磨，看人们会相信你是好人吗？会相信你只干人事不干鬼事吗？伟大和卑鄙当年林肯总统能看出来，现在的老百姓也能看出来。要想有风采有魅力，最有效的办法就是真心为民族国家奉献一生。从自己做起从现在做起，每天坚持照镜子，你一定会看到变化，一点点，砰，突然就光彩照人了。相信我，去试试看。

女神范儿是一种气场，归根结底在脖子上

欣赏女人要看脖子，有丰满的乳房易，有美丽的脖子难。民间有“女人脖子男人腰”之说，指观察人的气质，男人看腰板，女人看脖子。脖子能体现女人的品位和自我期待，让人肃然起敬。

中国古代对女性审美一直关注脖子。所谓亭亭玉立，非身材也，而指女人脖子是否端直有形。女人容貌再好，如果脖子过短过粗也难称亭亭，没有亭亭何谈玉立？据说武则天小时候长得“神采奥澈，龙睛凤颈”，凤颈乃凤凰之颈，凤凰是女天子的别称，她长大后真就统治了大唐江山，成为一代女皇，正应了“脖子乃女人一身之栋梁”的古语。

或许西风东渐，不知何时起，我们对女性的审美发生了

战略转变，由脖子转向乳房。每说到女人之美，常听到围啊、峰啊、波啊这些当代才有的词，而听不到对脖子的评价了。不是说乳房不重要，坦率讲，东方女性的乳房天生娇小，跟西方女人不属同一体系，根本不是同一种猴进化的，怎能简单攀比。东方女人追求韵味，西方女人体现感觉，感觉是直接浅显的，像炸弹轰地过去了。韵味不同，韵味本身具有诗意，是丰富的，像放射线一样丝丝入怀，余音绕梁三日不绝，因此《诗经》说：“求之不得，寤寐思服。悠哉悠哉，辗转反侧。”这指的绝对是东方女性，西方女性没等你辗转反侧自己就动手了，所以他们出不了《诗经》。

对东方女性审美应着眼于综合性、整体性，其中最重要的当属脖子。脖子对女性来说有提纲挈领作用，脖子是个纲，纲举目张。头颅对躯体而言是面旗帜，是整体的龙睛之笔，如果旗帜没有旗杆，或旗杆尺度不对，影响的何止是旗帜，整体都会受影响。再回到亭亭玉立这个成语，典出于唐，原话还有一句：“亭亭玉立，峨峨岳峙。”很明显，如果将亭亭玉立解释为身材，后面的“峨峨岳峙”就重复了，这在唐朝诗赋中不合规矩。亭亭玉立只能解释为脖子，脖子挺拔端直，像立柱托举亭台，玉树临风卓尔不群，才烘托了身材的

“峨峨岳峙”。这么说也符合我们的观感，女人的神韵、自信、高贵、神采、精气神儿，一切超凡脱俗的美好，都是乳房无法给予的，只能靠脖子。与脖子相比，乳房明显是低层次的，过于直白缺少含蓄，没有含蓄就没有韵味，含蓄是审美的灵魂。

其实在现实中，以乳代颈的评价体系正走入死胡同。医学的滥用已让女人的乳房像发面馒头一样可大可小，今天一刀这样，明日一刀那样，如此随意作假的东西怎可成审美标准？而脖子无法作假，长短粗细全凭自然，想长长不起来，想短短不下去。卿本佳人，天生丽质，这个脖子如假包换。如果有人非把女人的容貌与命运相连，那么可以抽象地说，脖子就是女人的命运。你去问看相的，他一准告诉你脖子的重要性，上接天干下联地支，所有元气在这里梳理回旋上下交通，脖子的形状直接影响到气场的活力、人心的静躁，男人如是，女人甚之。

听说世界选美协会最近提出一项新的选美标准，首次把脖子界定出评分的指数。可见，现代美容观念正偏离乳房的单一性，向越来越注重脖子美丽的综合指标倾斜，女人的脖子再次得到确认，成为美丽高贵的象征。这种回归不仅具有美学意义，在社会认知上亦可圈可点，乳房毕竟是性器官，仅以乳房作为美的标准，难免暗含某种异性的欲望，不说有多坏，但也好不到哪儿去。而脖子的美更纯粹，更体现女性的自尊自爱、自我价值。这是人类对女性审美观的进步与升华，如果说古代对美颈的注重在于命相，而今天对美颈的欣赏更体现对女性的尊重和期待。

刚提到“女人脖子男人腰”这句老话，真是很有道理。女人的脖子之所以重要，是因为它与男人的腰板有相同功效，男人只有挺直腰板才能顶天立地，而女人必须挺胸扬头才能堂堂正正地生活。民间还有“扬头老婆低头汉”之语，说的是男人不趾高气扬，女人不低声下气，这又印证了脖子对女人的重要。

没有扬头光挺胸没用，扬头就是秀出你的脖子。

美成一把火，燃烧掉整个冬天

这次回北京的头两天，走在街头心中一惊，女人呢，满大街咋没女的呀？这世界没女人咋行？于是我留心观察，咳，不是没有，是她们的着装不够女人味儿，没认出来。过去回国是夏天，女人穿得少容易识别。现在是深秋，衣服厚了，风格款式又不讲究，猛地没看出来。女人不像女人是严重问题，属地震前兆。都说“女为悦己者容”，咱索性就跟女同胞分享一下，男人是怎样看待你们秋冬天的穿戴？

总的原则是，女人穿衣服要尽量让女性特征显露出来。首先须指出，中国女性身材普遍的问题是，上下身倒挂，该短的长，该长的短。这种情况决定了必须以臀定型，臀部的位置和形状左右着冬季服装的款式。臀部丰满腿又匀称的女人一定要尽量让臀和腿显出来。比如穿夹克式外装，配牛仔式裤子，穿长靴，这就把腿和臀刻画出来，无论从哪个角度看，女性无疑。

如果臀部不够丰满也没事。臀小腿短的女人应穿盖过屁股的短大衣，最好要掐腰，让大衣下摆撑起来，显得臀部足够丰满。下边不穿裤子穿裙子，怕冷里面可多套两件丝袜，尽量让小腿露出来。最好不穿靴子，别把露出的腿再遮住。要穿高跟鞋，裙子小腿加高跟鞋，一气呵成，纯女人也。

有人问，你咋不说胸部，我就胸部还行。很抱歉，胸部这东西是摸着大看着小，加上冬天衣服厚，不易显露。唯一劝告的是，选择正确的胸罩，尽量把那珍贵的资源都装进去，突出来。装进去的越多，突出来的越大。千万别用蕾丝胸罩，绝对像牛百叶，要多窝囊有多窝囊，啥季节都一样。

下边说完说上边。脖子长的女性要选择合适的围巾，配上合适的项链，最好是长围巾，颜色要与衣服搭配，尽量鲜艳些，乳白、砖红、复合绿，都行。围巾不要围死，要有围有露，让人隐约可见你的美颈，欲擒故纵，美人也。

脖子不长的也没关系，用纱巾，薄一些的围巾。不要太长太复杂，但颜色必须能把服装的调子提出来，最好用对比色，成龙配套，使整体协调。

头上呢，脸长的头发长一点，脸宽的头发短一点。最好选择合适的帽子或头饰，头饰的作用是把脸突出来，就像油画的画框，是为把画突出来。合适的帽子、头饰就是合适的画框，把你的脸像油画一样突出来，让人过目难忘。

最后再说说眼镜，很重要。现在戴眼镜已突破矫正视力的局限，扩展到装饰的范畴。镜片是平光的，关键是镜架风格，要找到适合自己脸型的镜架，把自己的女人味儿调出来。挑选镜架除看正面外，一定别忘了看侧面，因为很多时候男人是从侧面看你的，装饰侧面和装饰正面同样重要。

先说这些，点到为止。希望女性朋友看完此篇别不高兴。本人心无邪术充满善意，就希望你们美，女人嘛，无论怎么美都不过分！

叫我如何不想她

近报，原上海知名演员殷亭如于 2017 年 6 月 11 日病故于美国，享年 62 岁。

这消息勾起我老多回忆。殷亭如的名气在 20 世纪 80 年代绝不比刘晓庆、陈冲差。她主演过很多影片，比如《都市里的村庄》《锅碗瓢盆交响曲》《苏醒》《乡思》等。阿拉印象最深的是《都市里的村庄》，这电影当年火爆得嘞，我的个乖乖，排队才买上票，老大老大的广告上有伊饰演的女焊工丁小亚的形象，楚楚动人，清纯如玉。

在该片中，丁小亚是普通焊工，而舒朗（赵有亮饰）是当红记者。伊两嘎头的社会差距老大的。舒朗对丁小亚一见钟情，为追求伊做出种种努力。原以为搞得掂，没想到丁小亚最终拒绝了他。丁小亚讲，谢谢侬一番好意，侬是著名大记者，对我来讲压力老大老大的，我俩嘎头可以偶尔并肩，却勿好毕生同行，侬讲对吧？几句话把舒朗讲傻掉了，这个被名气惯坏的男人彻底戆他了，一句话讲不出，看着丁小亚啥办法没有。

当初看到这里我觉得老过瘾的，侬个大记者有啥了勿起？自古嫦娥爱少年，丁小亚就欢喜小鲜肉，最后和同车间的小伙子杜海走到一道，侬气不啦，气死他侬！那时勿晓得为啥我会同情丁小亚，大概跟我自嘎头的境遇有关，细节勿好讲，反正涅，让我牢牢记住这个叫殷亭如的女人，她晨曦般的面孔和云朵样的微笑。

可无巧不成书。1986 年年底我来美国俄亥俄大学（Ohio University）留学，到达伊始就听同学在谈论殷亭如。原来伊 1985 年也在俄大读书，是电影系，可惜我到前不久刚离开，听说去波士顿结婚去了，伊前脚走阿拉后脚到，尚未相逢、失之交臂，让我老闷的，觉得遗憾。

然而奇妙的是，就在我把这桩事情忘记时，1987 年夏天，殷亭如因个人原因又重返俄亥俄大学逗留了数日，刚好被我撞到，让我亲眼领略了伊的动人风采，不是照片不是电影，而是与带声音带笑容带味道的殷亭如本人握手交谈，真不可思议。俗话讲心诚则灵，侬信不信无所谓，反正阿拉信了。

俄亥俄大学电影系和社会学系在同一栋楼。我朋友刘江是社会学系研究生，我俩常在他的办公室里高谈阔论。

那天我和刘江刚步出办公室，恰好与电影系的女教授罗斯玛丽（Rosemary），还有她身边一位迷人的东方女性，撞个满怀！罗斯玛丽教授当时在帮我强化英语，我连忙同她打招呼，眼睛却盯着旁边的女人不放。“侬是，殷亭如对吧啦？”没等殷亭如张口，罗斯玛丽先叫起来：“你不认识她嘛，她就是殷亭如啊！”要命嘞，哪能嘎巧的啦，我们喜出望外，围着殷亭如讲不完的话，聊《都市里的村庄》，模仿丁小亚和舒朗的对白，甚至唱那首叫《蜻蜓》的插曲。让我最难忘的是伊修长的身材和美丽的脖颈，遇美人易，遇美颈难。

斜阳透过窗棂照着阿拉，把时光凝固在那个夏日午后。

殷亭如曾在中国影坛昙花一现，靓丽闪烁。可 62 岁就去世了，这是我绝对没想到的。我不愿猜测伊后来的生活，而只想记牢伊往日的美丽。让阿拉的文字最后再送伊一程，为伊，也为我自嘎头那段真诚如花的年华。

突然，我想哭泣。

To Platform B

02

那些

把日子过得风生水起的人

大多天赋异禀

我那些“不是人”的朋友

先说清楚，我这些再也无缘相见的朋友不是人。别以为我在骂街，它们真不是人，是我在京西太行山麓当兵时遇到的狼、狐狸，还有野羊什么的。

你知道那年月的铁道兵，总出现在人迹罕至的荒山野岭，专到没路的地方修筑铁路。我们像野草一样扎根生长，有没有阳光都得灿烂。汽车连的卡车把我们拉到实在无路可走的地方，司机摇摇头：“对不起哥儿几个，走不动了，我只好把你们卸在这儿，剩下的路你们自己蒯着吧。”“蒯”是北方方言，负重行走之意。

测量班架起经纬仪确定位置，连长带领全连战士，扛着帐篷、行李和干粮，由一班长杨洪顺开路，头也不回向指定地点行进。越爬天越大地越小，山下的拒马河晶莹柔软，湛蓝湛蓝地闪耀，头顶苍鹰盘旋，四周偶尔发出嗖嗖的响动，那是小动物们匆忙躲避的身影。此刻虽说我们是人类，可离人类社会十分遥远，好像没什么关系，反倒觉得跟大自然息息相依，我们生存的全部希望都寄托在周边的自然环境里。换句话说，此时与其强调我们是人，不如说是动物的一分子更现实。动物以洞为家，我们以帐篷为家，差不多。动物用枯草御寒，我们用枯草打褥子也为御寒。动物饮食山水，我们也是。动物不上厕所，我们也不上，撒野尿。小说《钢铁是怎样炼成的》里的主人公保尔，在风雪施工中还能巧遇老情人冬妮娅。苍天呐，此时此刻什么冬妮娅，任何沾女字边儿的都没有，净是犬字边儿的。即便如此，我们是一群有理想和荣誉感的强健生命体，我们比动物还顽强，能在任何环境下生存，用汗水和生命铸成脚下的铁路桥梁，让远在天边的人类社会更美好。

尽管我们认为自己离动物更近，但动物好像并不认同。通过一段时间的观察互动，我发现它们对我们的心情是复杂的，忧心忡忡的。这样说你也许会发笑，观察就观察呗，还互动，人和野兽怎么互动？嗨，这你就不懂了，十六七岁情窦初开的年纪，我们内心敏感充盈，情感多得宁可滥用也不能不用，看什么都好奇。天角飘来一片云要看半天，阳光为何给它镶上金边儿？山间发现几株野芍药也看半天，原来不像城市里的那么半死不活，竟有风竹之韵。浮云游子意，落日故人情，世间一切在心里都是活的，有温度有含义的，更别说同为“食色，性也”的动物了。

让我最先遇到的是狼。进山时就发现，所有路过的屋舍外墙上，都用石灰水画出一个个白圈儿，连长说这叫狼圈儿，专为防狼，狼一看到就不敢进村了。当时我就纳闷儿，狼为何怕白圈儿，真有狼吗？在山上扎营的头天夜里，我们就听到狼叫，悠悠的，远听很像排箫，低音不散高音不脆，一听就属中音类。同班战友汪照凡，我总叫他“汪造反”，来自湖北大别山麓的英山县，他说这是只母狼，正在找公的呢。他还说，狼很灵活，鄂北方言灵活就是聪明，它先用两只前爪从背后搭上人的双肩，待你一回头就猛地咬住你脖子，置你于死地。他有个叔伯哥哥胆大心细，有回赶夜路遇上狼，狼搭他的肩膀他不回头，跟狼边走边聊了一整夜，天一渐亮狼自然就跑了。这故事颇像《聊斋》，我不仅不怕，反觉得狼有血有肉，愣聊了一夜。“它都跟你哥聊啥了，没让你哥给它介绍个对象？”不过话说回来，今后无论阿猫阿狗从背后搭我肩膀我绝不回头，先聊两句再说。

我遇到的是两头狼，或许是夫妻。那天大伙儿都上了工地，我因左臂骨折独自在帐篷休息。“汪造反”抡锤没对准，十八磅锤砸到我胳膊上，当时就肿起来。我疼得破口大骂：“‘汪造反’你造反造到老子头上了，赶明儿让狼吃了你，狼搭你肩膀你必须回头，听见没？”“听见了。”“汪造反”边哭边答。“听见啥了？”“狼要搭我肩膀一定回头，不回我是舅舅养的。”就为这，班长命令我在家休息。虽说有伤，可帐篷里我待不住，一人到山坡上溜达。走着走着一抬头，发现水源处站着只大狗，距我四五十米远。我第一反应是谁家的狗跑这儿来了，马上发现不对，因为我们营地离最近的西庄也要二十里，家狗怎会跑这么远？再看它眼神更不像，那是种异常精美的杀气，让我产生最原始的生物恐惧感，胯下冰冷四肢软涩，顿时傻了。我本能地往后退，想退回帐篷，那里有我的自动步枪和九发子弹。可刚一挪，那只狼也向帐篷方向移动。我看出来，它想抄后路逼我上山。再看山上，不得了，另一只狼站在山头为伙伴把风，表情随和自然根本不看我。我惊恐之下又破口大骂：“‘汪造反’你个王八蛋，你不是说狼从后面来吗，它怎么从前面上了？”我抄起地上一段钢筋，对狼做凶狠状。它肯定看出我的愤怒，似有犹疑。就趁这一瞬，我哗地跑进帐篷抄起枪冲出来。狼没了，两只都没了，像从未出现过一样。“汪造反，王八蛋。”我狂叫着。

打那儿以后再没见过狼。不久我们就开山放炮，轰轰的爆炸声把狼都给吓跑了。炮声是男低音，看来中音怕低音，低音一唱中音就跑了。事后我想，狼这家伙生性孤僻宁折不弯，似乎并无与人共处的愿望，或许它仍为人类将其一部分收编为狗耿耿于怀。相较而言，狼可算动物中的项羽，山大王楚霸王都是王，四面楚歌也不肯服输，宁可放山跑马而“不食周粟”，这与狐狸截然不同。

儿童读物总把狐狸和狼归为同类，其实并非一路。狐狸身材比狼娇小，但这不是最重要的。重要的是，狐狸眼里看不到狼的目光中所具有的血统霸气和英雄末路的苍凉悲壮。狐狸更世俗，从不直接与人冲突，只干些技术含量较高的偷鸡摸狗的勾当。第一次遭遇狐狸是在炊事班后门站岗。那些时日库房的咸带鱼和腌肉常有丢失，开始以为是啥人偷的，于是装上照明加了岗。那天半夜我听到库房传出窸窣声响，于是端枪破门而入，只见几只狐狸一溜烟儿从墙角窜逃。赶忙追出去，我分明看到那只个儿头最大的狐狸嘴里叼着一大块腌肉，肯定跑不快。万没想到，在明亮的灯光下，那只狐狸望着我，把腌肉搂在胸前缩成一团儿，往山下一滚就不见了。我呆住，眼前映出狐狸的眼神，纯职业式的，从容不迫，毫无恶意和仇恨，像拍卖师喊成交，股票师喊吃进一样。我甚至开始同情狐狸，往山下滚无疑是有风险的，磕着碰着撞到头都吃不消，生存是它们的拜物教，为此不惜流血牺牲。我对班长说，那只最大的狐狸肯定是班长，它们的班长也冲在最前面。班长瞪着我说:“依着你呢，我也抱团儿肉滚下去，你啥时能改改这二百五的毛病？”

再见到狐狸是和汪造反。这个汪造反肯定是我的克星，不仅砸我的胳膊，骗我说狼会聊天儿，还让我又失去了唯一一次触摸狐狸的宝贵机会。

那是个周日，我和“汪造反”陪西庄的老团长上山打猎。老团长是个怪人，抗美援朝时的团长，转业时非吵着闹着回乡当了农民。部队一到他就来找我们，请大家到他家喝酒。今天他说要打猎，问我们去不去。我说去，“汪造反”也要去，我到哪儿他都跟着。老团长砰的一枪，分明打着了，那只白狐狸打个滚儿不动了。我和“汪造反”冲上去，看它肚皮朝天躺在地上，但丝毫未见血迹。我刚要过去捡，“汪造反”说，要它干啥，死狐狸不值钱，我们公社收购站根本不收死狐狸。为什么？狐狸一死皮就泄了，会掉毛。他这么一说我犹豫起来，想等老团长赶来再说。就这当儿，那狐狸突然翻身一跃，当着我们面儿一瘸一拐逃走了，原来它是诈死！我气懵了，怒斥“汪造反”：“你骗人，你明知它没死，对不？”他却说，白狐是仙，不好打。

说句题外话，多年后的一天，那时铁道兵已被解散。汪造反突然找到我，眼泪唰唰地流不停。我说你怎么啦，有啥麻烦找你的白狐大仙呐，你救过它命，它肯定帮你。他说他和儿子来北京当民工，干了一年拿不到工钱，老板非说咱没上岗证无法出账，可没上岗证你咋不早说，还让咱干这么久。几天后我塞给他五千块，骗他说是替他讨回的欠薪。我终于也骗他一把，报了当年的一“骗”之仇。

除了狼和狐狸，令我难忘的还有野羊。野羊和家羊啥区别？野的比家的毛短些，野羊颜色统一，黄中带黑都一样，而家羊什么颜色都有。前者像特种部队，来去无踪。后者是杂牌军，乌合之众，毫无战斗力。狼一次最多捕杀一只野羊，却能咬死成群的家羊。亡羊补牢是说家羊。家羊自卫靠牢，野羊没牢，自卫凭本事。

那天施工休息时，我和几个老兵在树下抽卷烟。整月下不了一趟山，香烟太贵也不好放，根本不够抽的。我们都买老乡的旱烟，一块钱一斤，两捆旱烟加点人丹末儿就管三五个月。刚点上，第一口烟感觉最好，就听汪造反喊我："小陈，快看山头的野羊！"我顺他手指的方向一瞧，只见一只羊，角很长，像背头似的卷向身后，一动不动矗立在岩石上。它距我们百多米远，因背景是蓝天，身影清晰凸现。我觉得像座雕像："活的还是死的？""当然活的，"汪造反抢白道，"野羊就这样，能在高处站半天不动。""那是你们大别山的野羊，怎跟我们太行山比？""大别山咋了，刘邓大军挺进大别山，指挥部就设在我们村，我爹……""得得得，说的是羊，怎么你爹都出来了？"我边抽烟边注视那只羊，正如汪造反所说，纹丝不动，分不清它属于脚下的岩石，还是岩石属于它。我好奇起来，的确，这不像家羊，家羊哪有这么深沉，早忙着吃草去了，可它一动不动琢磨啥呢？我尽量让自己做沉思状，一动不动，看心里到底想什么。眼前浮现的全是过去的事，包括上个月在西庄小卖铺遇到的长辫子售货员，她问："你是北京的？""是。""北京多好啊。""你们这儿才好，我们在这儿战天斗地……”还没说完，她打断我：“您还买别的吗？”接着把我晾在一边，招呼其他顾客去了。这只羊也在回想吗？宁静越深往事越重，它有多少值得回忆的，赘得脚步都迈不开。羊太孤独，心事太重了。

若非那场暴雨冲垮我们下山的唯一通道，一班长杨洪顺恐怕也不会动打羊的念头。山里的雨与山外的不同，来得疾去得快，北方的山土少石多，根本兜不住水，暴雨瞬时聚拢，冲下来就是洪水猛兽。那条路本来就属临时建筑，一下被山洪冲成好几截儿，所有供给全断了。没有柴油，发动机停了我们可以人工凿，但吃的接不上茬儿，后来一餐只发三个土豆，丝毫没荤腥，人软得连锤都举不动，那还不骂娘。前边说的两只狼幸好没此时闯进来，否则说不准谁吃谁。我们当时体会很深，土豆只能维系生命，但爆发力必须靠吃肉，素食者可以祈求世界和平，很难指望他们翻山越岭蹚过大江大河。杨洪顺撂下狠话：不打只羊回来，我这个班长就算面捏的！偏巧这天下工时又见那只野羊，大背头，一动不动站立原处。杨班长立即卧姿装子弹，箭在弦上不得不发，把“汪造反”急得呀，那只羊是种儿，打羊不打领头的，这是规矩。这小子也是真给逼急了，杨洪顺的枪没响，他倒先开一枪。砰！

羊吓跑了，可“汪造反”却因擅自开枪受个处分。他后来对我说，处分就处分，规矩不能破。

在太行山几年，到的时候是寂静的深山，离开时已是桥梁飞架，铁路穿过一座座隧道，把群山像项链一样串起来。我们遇到的动物何止狼、狐狸和野羊，还有很多很多，野鸡、野兔、黄鼠狼、刺猬，还有拒马河的一种白鱼，形状颇像目前流行的观赏鱼——银龙，它们产卵时会围着桥墩转，上上下下鳞光闪烁、明亮灿烂。

去年我旧地重游，巧遇当年为我们送粮的民工李合来，那次洪水断粮，就是他赶着驴车最先将补给运抵营地。他说，马不行，有路用马，没路就得使驴。见面后我问：“还有狼吗？”“啥狼呀，多少年没见了。”“狐狸呢？”“往远了走，平峪、白涧那边儿听说还遇得着。”“那野羊呢？”“早没了，兴许全跑西伯利亚去了。”尽管他说西伯利亚时我很想笑，但心底着实㖞的一声空荡荡。莫非历史的步伐太快，才 30 多年的光景，听着就像大漠孤烟一样苍远。曲终人散，连当年的动物都消遁得无影无踪。我开始领悟，那些曾分享和见证过我们壮烈年华的一切，无论张三李四狼犬牛羊，哪怕一草一木，都是我难以割舍的亲人朋友。没有他们，我们的青春岁月就飘了，不再真实鲜活，恍如一个连谷歌都检索不到的抽象符号。历史最怕抽象，略去蓬勃的精神，任何辉煌都会瑟瑟发抖。今天这样对待昨天，明天再这样对待今天。

和毛发粗犷的老鼠和平共处

我在小说《水獭街轶事》中讲过一个关于老鼠的故事，有人为了发财，竟把几大车老鼠偷偷投放在曼哈顿，造成人为鼠灾，再出售捕鼠器牟利。该情节并非虚构，而是如假包换的事实，肇事者古尔德先生后来成为铁路大王，还修建了纽约至奥伯尼的铁路。从那时以后，纽约鼠患就从未消除过，直到今天。

据纽约地铁局发布的数据，纽约在册居民八百五十万，而老鼠数量至少达一千七百万只。我不清楚后者如何计算，但确实是纽约政府公布的官方数字。就是说，每个纽约人人均两只老鼠。怎么样？听着还可以嘛，两只而已。嗯嗯，事情不这么简单。

首先你不知道纽约老鼠的尺寸。小时总听老人念叨，小老鼠，上灯台，偷油吃，下不来。为了偷油得爬上灯台，上去又下不来，你说它能多大，小得像枚铜钱。可纽约的老鼠完全是两回事，去掉一个最大的，去掉一个最小的，纽约老鼠的基本尺寸怎么也得半尺长，这还不算尾巴。这种老鼠毛发粗犷凌乱，一副土匪相，不畏人，性情生猛，纽约地铁、公园、超市、较旧的楼宇、人行道下面，都可看到它们的身影。

其次，纽约老鼠的破坏力很强。怎么强法？我举个例子。我的办公室在曼哈顿下城的富顿街。这里老楼居多，老鼠也多。楼下有家银行，银行大门是铜的，很壮实的铸铜，老鼠竟能把门框咬一个槽儿，再通过这个槽去咬后面的水泥。我在此工作二十多年，该门框被换过两次。过去在国内当车工时，用 C620 车床加工过黄铜，车床能干的纽约老鼠也能干，不知它们的牙齿怎会如此坚硬？

还有，纽约老鼠是有“国家”的，久禁不绝。它们群居在某些区域，像国家一样，无论怎么处理都赶不走。我每天路过拉菲逸街一处公园，去中国城吃午饭。据说这里过去是条河道，后来填河造地变成公园。就在这下面，有个巨大的老鼠王国，人行道的水泥路面上可看到很多鼠洞，过一段时间路面就会塌陷，显然是下面被掏空了。记不清此地被重修过多少次，每次修好没多久鼠洞就再次出现。最近一次整修时工人挖地三尺，在这里浇筑了一道水泥墙，当时看似江山永固。不久前我经过那里，鼠洞再次呈现。

纽约的发展与老鼠并行不悖，相互依存相互敌视，谁也不能把谁怎样，谁离开谁好像也都不行。说到纽约，可以有高盛，可以有大都会博物馆，但必须也有老鼠，只要坚持三天乘地铁，就三天，肯定有机会一览芳容。如果再住久些，如上所述的这些特征就不足为怪了。纽约政府目前有专业防鼠人员五十四名，其中四十五名是检验员，只有九名是专门杀鼠的，也就是说平均每人要对付三十一万只老鼠。

他们真想消灭老鼠吗？我非常怀疑这点。

有一种较劲儿叫“撕书”

撕书这种事，我在石溪大学读研时就遇到过。考试前复习，老师列出书单，结果到图书馆借书时才发现，几乎每本书都有丢页，不是自然破损，而是被硬生生地撕掉。这给准备复习的人带来不小的困扰，不得不花额外的时间去找那些丢失的部分，因为那上面的内容是必考的。那时还没有什么互联网，没书看就等于没了一切学习的手段。所以大家边找边骂。介（这）太缺德了，考试凭的是本事，撕书算什么玩意呢？

后来不再考试了，也就把这事淡忘了。

最近发生的两件事，勾起了我对这个问题的关注。一是我儿子的迎新会，他有幸被七年制的医学院录取，学校开迎新会，我陪同。校长在发言时一再强调，他们学校有良好的校风，同学间相互帮助，不是竞争关系，这是与其他学校最大的不同之处。讲到这儿时他特意开个玩笑：“你们不会在图书馆里发现丢页的图书，我保证。”大家一片哄笑。

凡哄笑者必是知道或吃过丢页的书的苦，否则笑不出来，这是苦笑。像那些刚来留学的学生或陪读的家长就未必笑得出来，因为他们不知道为什么好笑，更不了解美国也有底线问题，这个底，比他们想象得低。

不久前又听说，一位华裔学生考医学院，复习时因发现太多丢页图书，跟图书馆管理员争吵起来。他抱怨这些书的关键内容都被撕掉了，网上又查不到，为何图书馆不及时更换呢？图书馆回答说，经费有限换不过来。可这位学生不依不饶，最后图书馆竟报了警，差点抓人。纽约人特别爱报警，安全感不强或优越感太强的人都爱报警，千万小心。

国内的朋友一定不解，会这样吗？自己买不就行了。美国的情况与中国的不同，一是美国大学教育基本是阅读教育，学生要读的书很多，而美国的书又非常贵，根本买不过来，这正是美国图书馆比较发达的原因之一。二是国内大学，尤其医学院，招生的名额较多，学生间的竞争程度相对较低，而美国医学院招生名额非常有限，每所学校每年仅招百十来人，因此学生间的竞争十分激烈，有你没我，有我没你。学生们心里很清楚，少一个竞争对手就多一分胜算，撕页就是让对手输在起跑线上。尽管这种手段很低级，很龌龊，但为达目的绝不放过任何“杀敌”机会。龌龊吗？美国学生基本不想这个问题，他们的心态比你想象的好很多，起码不会为道德问题烦恼。

总有一个名字，每每想到就会泛起微笑

都说北京的魅力在秋天。当金风四起，黄黄的槐树叶在蓝天里飘，我会沉醉得喘不过气来。这时总会情不自禁地想起很多往事，特别是一个小学同学，石山山。

北京东城区的府学胡同小学过去是个衙门，著名抗金英雄文天祥就曾被关押在这里。院子里有棵朝南斜着长的老槐树，据说是当年文天祥亲手所植，以示其心向南宋王朝的忠诚。那时不懂事，总沿着树干往上爬，爬到最高处，看周围的四合院儿，伸手抓屋檐上的鸽子，还可以向树下的同学炫耀自己。谁知上去容易下来难，而且下来时往往是在老师或工友们的呵斥下，战战兢兢，边走边出虚汗。这时，一双手接住我，把我抱了下来。

“你叫石山山？”

“嗯。”

石山山看上去大我几岁，在我们班个头最高。他不爱说话，老师叫他总要喊两次才答应。那年入秋，北京格外湿润凉爽，地上长着翠绿的青苔。我们这帮秃小子仍穿着短裤上学，站队时是清一色的“麻秆儿腿”，瘦瘦的。七八岁的男孩儿，那时又没什么好吃的，可不就这样。不过也有例外，光是看腿，瘦瘦瘦，咣，一下冒出一双胖腿来，圆乎乎的，没错，一准是石山山。我对他说：“石山山，咱玩骑马打仗吧，你个大你背我。”他也不说话，往地上一蹲。我俩打遍天下无敌手，好好地出了一次风头。这个石山山也怪，班里的打架大王那仁清，祖上是王爷，也想让他背，他就不答应。石山山个儿高，说不干就不干，谁也没辙。

石山山不怕愣头愣脑的那仁清，却对班长段桂玲退避三舍。段桂玲很厉害，谁要犯错，她总用手指着你问：“你在队旗下怎么宣誓的？”一个深秋傍晚，天已大凉。学校那时实行两班制。我们是下午班，放学时天也暗下来。打铃的伯伯一摇铃铛，哗啦哗啦，大家就往外跑。这时不知谁撞了石山山一下，他往后一闪不小心撞倒了少先队旗。队旗一角掉到脏水桶里，正好被段桂玲撞见。她立刻叫起来。

“石山山，你这个右派子弟，你对队旗什么态度？”

“不是我，是……”

“还赖，我亲眼看你撞的。”

……

我都冲出教室了，听到后面段桂玲尖锐的叫喊又返回来。只见石山山坐在地上哭泣，一手紧握旗杆，另一只手不断地把被弄脏的旗角往自己身上抹，试图把脏东西擦掉。我一把搂住他，看他的抽泣像潮水似的一波又一波，可居然没有一丁点儿声音，好像悲伤是从一个很遥远的地方流出来的，永不枯竭。回家路上我问别人，什么是右派？大家说了半天也没说清。不过同学们都说段桂玲就会训人，真讨厌。还有人说她家就住府学胡同东头的大杂院里，那个院子原来住过一个大坏蛋。

“你说的那个坏蛋叫什么？”

“好像是段什么瑞。”

“段什么瑞？也姓段，别是段桂玲她爸。”

“弄不好是她爷爷。”

“对，下次她再骂石山山，咱就骂她是段什么瑞的孙女。”

“段什么瑞呢？你真笨，连名字也闹不清！”

三月天孩子脸，是说天气善变。可孩子的脸真是善变，刚才还好好的，一会儿就闹翻了。有一回交作业，我发现两道题不会答，连忙找石山山，让他给我答案抄抄。也不知道他来哪门子劲，就不让抄。他也不说不行，而是憋着，憋得脸通红，就是不给抄。可时间有限，急得我呀，最后不知怎么冒出一句：你这个右派子弟。说完就后悔了，那种悔恨的感觉至今还记得，脸发烧，浑身发软，还得装着不在乎。石山山没看我，他两眼不动，就这么朝前望着，脸红到脖子，一股厚厚的泪水从眼角流下来，落在我手背上，又从我的手背流到地下。

石山山再没跟我说过话，骑马打仗他也躲得远远的。我总期待跟他和好，经常试着用目光与他交流，下学时故意走在他后面，可他都熟视无睹。石山山住在我家隔壁的院子，那个院子据说最早是吴三桂为陈圆圆盖的宅子，后来落到一个黄姓南洋商人手里，黄家女儿嫁给了民国早年一个外交官，所以它又成了这个外交官的府第。

这个院子靠近我家院子的墙边有棵大枣树，上面的枣又大又甜，形状像草莓，个头大得像枚鸡蛋，掉地上摔成好几瓣儿。可它离墙有些远，非得从墙头拼命一跃才能够到，弄不好就掉下去！那是个初秋之夜，月光如水，风吹着大枣树发出沙沙的响声。我和几个同伴望着它发呆。我想起石山山，心里好不是滋味。一个小子激我：“你要能上去你是我爸。”不知怎的，我猛地站起来蹿上墙，铆足劲儿往前一扑，抓倒是抓着了，可脚下没勾住，晃了几下，咚的一声掉下去。等我爬起来，只见黑压压的人群，无数愤怒的眼睛落在我身上。人群里骂声四起：“打死他，绑起来送民警那里去！”我心想完了，挨打是轻的，弄不好得进派出所。正当绝望之际，一个掷地有声却仍显稚嫩的声音突然从人群中冒出来：“住手，不许动他。他是我同学，放了他！”“石山山？”是石山山。只见人群闪开，月光下石山山走向我。他一把拉住我的胳膊，拽起我就往外走。他的手很用力，好像生怕我会被别人抓回去。走到大门口，他说：“快回家吧。”说完往我手里塞了个纸包，转身关上大门。我打开纸包，是几个枣。那晚的月亮好大，静静照着空旷的张自忠路。

第二天上学，我红着脸朝石山山微笑，他也用微笑回应我。我告诉他枣子真甜，他笑笑，还是一张憨厚的脸，柔和地说话，当然，又开始了新一轮骑马打仗。日子就这么过着，秋霜已降，金黄的槐树叶落下来，扫了一遍又一遍。我们觉不出自己在长大,可裤子短了,吃得多了,连头发都越来越硬。我们已转成上午班。清早上学时可以闻到新鲜空气伴着生炉子的烟味儿，诗一般地在胡同里回荡。可石山山今天怎么没上学呢？他从不落课，今天他怎么没上学呢？我想问，又觉得明天肯定能见到他，便没张口。第二天没有他，第三天第四天还是没石山山的影子。我忍不住问老师：“石山山呢？”老师在批阅卷子，没抬头，说：“他家搬走了，搬外地了。”我脑子嗡的一声，泪水夺眶而出。我在想石山山无声哭泣的样子，我也学他不出声，泪水淌个不停。旁边同学问：“你怎么哭了？”我再也忍不住，哇的一声哭出来，拼命哭，尽情地哭，哭得什么也听不见看不到。

石山山不见了。后来我做过一个梦，我俩一块儿上学，走着走着，他说要回家给我摘几个枣，让我在那儿等他。我就这么等着，一步不动。秋晌的日头挂在胡同口的老槐树上，炊烟像雾一样轻轻挥洒。

不畏独自一人，不惧人潮汹涌

纽约人喜孤独。这个孤独不是小资情调，是实打实的孤独，个人、自己、封闭不分享、万事不求人、不走动、不来往、不敞开心扉、你是你我是我，关键是这个独字，在纽约文化中占重要地位。无独不纽约，没这个独字就无法适应纽约的生活。

比如说，独居者很多。据统计，纽约独居者超过婚龄人口一半，纽约是全美独居者最多的前三位城市之一。甭管是什么原因，没找着对象的、离婚的、寡居的、就不结婚的，十分普遍，而且没觉得怎么不好，没觉得是个缺陷。我看国内办相亲大会，好多家长为单身子女找对象，手里攥一把照片，跟攥一把好牌似的。纽约没这个，家长管不了这事，顶多问两句，绝不会满世界给儿子寻摸女朋友的。按纽约人说法，结不结婚是私生活问题，私就是独，完全没必要与他人分享。中国剩女应到纽约来，这儿才是你们孤独的天堂。

还有，纽约人对个人的看法很明确，就是自己，自己就像国家，有边界有领土，谁也不能侵犯其独立主权，包括妻子儿女、亲戚朋友，都是另外的国家。他的国家可以与别国建交，签订各种条约，结婚条约、离婚条约，但并不改变他仍为独立国家的事实。比如两口子，明明夫妻，血乳交融，可纽约人不这么看，很多家庭实行分账式 AA 制，各自的亲友关系未必延伸进夫妻关系中。甚至一方患病，另一方问，你说让我怎么做，怎样能帮到你？这要在中国就得离，都病成这样你不知怎么帮我？纽约人习惯反着想，管错了怎么办，算谁的？在此我奉劝各位大妞儿，最好别嫁老外，孤独死你，就像有性关系的室友，有没有性关系都保不齐。

家庭如是，其他关系更如是。纽约不流行铁哥们儿，一起扛过枪渡过江也白搭，在个人与他人关系上永远有边界，与其说是利益，不如说是权利，他不跟你分享不光怕自己受伤害，更认为你无权知道。朋友间处事都遵循游戏法则，不该问的别问，不要打听别人的隐私。说到隐私，孤独与隐私是一对儿，有此必有彼，有孤独必有隐私，隐私是因孤独而存在的。尊重隐私就是尊重孤独，尊重个体的存在，因为孤独必然寂寞，寂寞就必有排解方式，因人而异千奇百怪，各村有各村高招。实际上隐私是个巨大市场，纽约数不清的生意买卖都与解决隐私相关。比如酒吧、赌场、地下妓院、同性恋俱乐部、毒品买卖、健身房、电影院，等等，都为孤独者排解寂寞做出贡献。而这恰恰是纽约生活的典型方式。中国有“慎独”之古训，独自时不应妄为。纽约没这个，越独越作，不作不死，独是一种自由，一种权力，懂得嘛呀你。

纽约人的孤独情结深入骨髓，养不熟改不掉，与他们亲近要有心理准备。有人说纽约不也有古道热肠吗？两码事，他那是为上帝做的，不等于稀罕你。即便你反过来跟人家套瓷儿，跟人家睡觉，他还会保持与你的边界和距离。只有一个办法让他们改变，就是把他们都扔中国去。有些老外来中国不想走，融入中国社区生活，享受中国人的伦常亲情，那是他们第一次体尝人情的魅力，了解人情有何等重要的价值。

人生不是戏，请你少点套路多点诚意

纽约的地铁就像一座舞台，每个乘客都是演员。通过舞台的表演不仅能看出演技，更可察出人品。最近有几位专家，他们分别是弗吉尼亚肢体语言学院伯利赫教授、纽约礼仪学院创始人费兹派克先生，以及著名心理学家沃林女士，他们把纽约地铁里行为古怪的乘客分成六类，并对其性格缺陷做了点评。这里不妨介绍一下，如果你也不幸遇到，最好离他们远点儿，这可是专家的建议哟。

其一是躲避者。这种人拒绝触摸车厢里任何东西。他们宁可被摇得前冲后撞甚至不惜倒在别人身上也不拉扶手，貌似有洁癖，爱干净，但已经到了极端程度，任何习惯一极端就是病态。这种习惯暴露出这些人对社会和自身缺乏信任，有重度自恋情结，很可能是童年发展中缺少关爱的结果。

其二是领土侵占者。与前一种相反，这种人动不动就背靠在车厢的扶手或柱子上，让其他乘客无法使用。他们的潜台词是，先占先得，这儿是属于我的。这种行为是长期生活在丛林法则小气候下形成的产物。他们随时准备争夺和自保，不尊重规则，对社会怀有潜在的敌意，这些人很可能是麻烦制造者。

其三是彷徨者。这种人来回动，在车厢里走来走去。他们不确定何处是最佳选择，他们想站在一处完美的地方，既安全又方便，但拿不定主意，最后只能使原本拥挤的车厢更不安宁。这种人相信机会胜过自身的能力和意志，或者说他们已经没有意志，因此也没有真正的能力，这是极端自我意识的表现。

其四是扩张者。这种人与第二种类似，一人坐两人座，撇开腿，放书包，或明明人多，站立时还故意打开报纸杂志不让空间。这种行为具有挑衅性，仿佛争斗是他们的生活诉求。他们很难融入社会，远离社会常识和行为标准，甚至表现得粗暴野蛮，这种人是危险的、可怜的，在主流社会中很难成为赢家。

其五是角落寻找者。这种人专找靠边靠角的座位，他们就像焦急的避难者在人群中寻找避难所一样。专家分析，这些人也许认为是洁身自好，我不打搅别人，别人也不要打搅我，但实际上他们心底有着对社会和人们的巨大冷漠。

其六是守门者。这种人拒绝走进车厢深处，他们试图留给自己更宽松的选择空间。在心理学上，这种行为是典型的幽闭恐惧症。他们潜意识里惧怕被锁住、套牢、被困兽化，其心态很像野生动物惧怕人类。这种人是极度自私的，他们甚至无视这样做对自身的侮蔑和他人对此行为的厌恶。这些人在社会生活中肯定存在障碍。

专家强烈建议远离这些人，毫无必要与其发生冲突。这些行为的共同原因往往来自童年发展的某些缺陷，不是靠争吵冲突能够治愈的。笔者认为，地铁是个很好的分辨人性的地方，如果你追求什么人或想嫁给什么人，别急，也别打的，带他（她）乘地铁吧，别事先预警，轻松愉快，看他（她）在地铁里怎么做。这当然不是唯一标准，但至少是参考因素。我们常为不会识别人而沮丧，但愿以上诸条能帮到你。

对生活，要有点讨价还价的本事

以前有人对我说，纽约人买东西从不讲价。当时听得我感慨万千，莫非物质丰富真能导致心灵的升华？后来在纽约住下来才明白，这完全是误解。纽约人不仅讲价，而且还讲得很专业，一套一套的。

最近纽约的一个节目采访了讲价专家特丽高赫女士，你瞧，讲价在纽约都成了一门专业。该女士说，很多人认为商店的价格不能浮动，这是彻头彻尾的误区。她走到哪儿讲价讲到哪儿，尤其在当前经济不景气的环境之下，讲价更是必需的，不必为此羞愧难当。老板们专吃老实人，你若不想当冤大头，就该把讲价进行到底。

高女士说，销售人员其实希望购物者心情愉快，因为只有心情愉快才会买更多东西。大多数金匾大字的商家看上去特正规，仪表堂堂，那个阵势就一下把你震住了，其实都有讨价空间，但要注意正确的战略战术，总结起来有如下几点：

一是找对人。不要逮谁跟谁划价，要找柜台经理，找说话算数的人。高女士购买家具时，跟销售人员磨破口舌就是谈不下来。最后灵机一动找到经理，几个回合她就拿到 20% 的折扣。

二是寻找略有瑕疵的商品。她在购买古驰手袋时，原价 110 元美金，她发现手袋底部有一小块脏迹，于是找到店堂经理，最后以 68 元拿下。

三是多问问题。很多大商店都有各种优惠政策。比如梅西百货，美国最大的服装和居家产品连锁店，他们对外埠旅游者有 11% 的减价优惠。可这个政策是你不问他就不说的，旅游者也不写在脸上，人家问得过来吗？

四是寻找断代产品。这类产品要么是型号老了，要么是不再卖了，但是在使用功能上没什么区别，就是样式不那么时髦，但在价格上有很大机会享受优惠。

五是买得越多就越应享有折扣。这是理直气壮的讲价理由。零售都快变批发了，能一个价吗？至少 10% 减价。

六是多做比较心中有数。购物前把同样产品在不同商店的价格调查一下，心中有底。比如高女士想买一台数码相机，她对销售经理说，同样产品网上买要便宜 30 元，贵店能否打个折呢？经理想了想说，价格不变，但可以送你一只相机皮套和一张记忆卡。于是她用同样的价格买到三样产品。

七是如果你不愉快，千万不要买。不要惯坏那些不会做生意的死硬分子。如果大家都这么做，一个新的市场文化就能建立起来，既有利于消费者，更有利于生意人。一买一卖本来就是平等合作，谁也不欠谁，霸王作风是毫无道理的。

哈，高女士这番话让人顿开茅塞。那些原以为纽约人不讲价的人，千万别错过这个与国际接轨的大好时机。省钱并不羞耻，下次来纽约购物，别忘试试这七个绝招哟！

这个世界总在以某种方式表达善意

每次回国探亲，都听到有人抱怨被什么人诈骗了一把，损失了钱财，浪费了时间。说完还问我，还是美国好，人家做正经生意，没人干这事儿吧？我没吭声，脑海里闪过京剧《智取威虎山》中“打虎上山”一幕的最后一句台词：“呼呼呼呼哈哈哈哈哈哈哈！”京剧里的笑很夸张，先呼后哈由低到高直至畅怀，极具感染力。笑的含义很多，有一种是无言，人们无话可说时往往一笑了之，胜过千言万语。

现在我可以回答这个问题，用“有”或“没有”都不足表现美国诈骗业的存在。讲个我亲历的事情，告诉你在美国，诈骗是如何精美到职业高度。

那年冬天有个朋友海归。他是知名雕塑家，回国到一所艺术院校任教。他们夫妻俩把这里的房子车子都卖了，剩下一架史坦威牌钢琴尚未卖掉，运到我家让我帮他代卖。史坦威是世界名牌儿，这架琴虽说有七八十年的琴龄，但音色美，外形靓，什么都还很好，帮他卖掉应不是问题。

问题也就出在这架琴上。

我是在一个叫“格里格名单”的网站刊登广告，该网站在美国很流行，无论租房还是买卖二手货，大家惯用“格里格名单”。它的名字很容易记，听过《格里格小夜曲》吗？“但是爱情不久长，欢乐变成忧愁，那甜蜜的爱情从此就离开了我……”歌词我还记得，格里格唱完小夜曲就开了个网站，专卖二手货，这么想就记住了。不料小夜曲的歌词竟一语成谶，让我的欢乐变成忧愁。

不知是不是我叫价过高，两千八百美元，贵吗？我是咨询了一位钢琴家朋友才要这个价钱的，他把头一偏说，开玩笑，再怎么也得三千块吧，这是史坦威，闹着玩儿呐。可广告登出后好几天，仅一人问津，是个音乐学院的女学生，她看了看弹了弹，连价都没还，就走了。这对我的信心是极大的打击，让我摸不着底，不知该降价还是再挺挺，降多少，挺多久？一沾钱我就犯傻，不是头一回了。

就在这个敏感时刻，我接到一封电子邮件。一个自称本强森的人说他正在收集史坦威钢琴，我这台的型号他尚未见过，想用原价买下，并问我的姓名地址，好寄支票过来。我高兴得大叫："他妈，他妈，我卖出去了！""什么就卖出去了？别把你自己卖了就行！"太太调侃着听我叙述。

"怎么觉得这事儿顺得邪性？"

"人家收集这种琴，有什么奇怪。"

"连价都不还，合理吗？"

"人家有钱，管他呢。"

"那就收到支票再说吧。"

准时准点，像定时炸弹一样，我们如期收到支票。联邦快递色彩斑斓的大信封像句撩人的问候，送到我的手里。我拆开信封，一张蓝色支票飘落在地上，捡起来一看我不免发懵，支票是一家位于马里兰州的公司开出的，不是两千八百元，是五千元，整整多了两千两百元。"怎么回事？"我问太太。她翻过来倒过去地看："真的假的，别是画的吧？"太太是画家，画了一辈子画，什么都往画上扯，属职业病。"得了吧你，怎么会画的，你画一张我看看？对了，赶明儿你改画支票得了。""去你的，还不赶紧问问怎么回事，别弄错了，咱可不占这便宜。”太太严肃地说。

我立刻给本强森先生写电子邮件，我曾问过他的电话，他没给。本着国与国之间对等的原则，我也没给他我的电话，我们之间交流只能通过电子邮件。本强森先生不久回了信，他优雅的语调与他收集名贵钢琴的嗜好十分契合。他说：“对不起阁下，我的秘书把数字弄错了，给您带来困扰。这样好不好，您把支票存起来，等兑现后我再叫人搬运钢琴。剩下的钱你帮我汇给我前妻，我们离婚多年，她不幸患乳腺癌，正等待手术，我想尽绵薄之力，不知您愿意帮这个忙吗？”

感动吧？离婚多年，乳腺癌，绵薄之力，这些字眼深深打动我。如果我有前妻，也从遥远的地方对我说：“九哥，我患绝症享日无多，请好好照顾孩子。”莫说绵薄之力，立马复婚的心我都有。我连忙答曰：“是，我愿意。”听着像结婚一样。接着本强森给了我收款人姓名地址，还说除西联公司，不能用其他汇款机构，因为他前妻所在地只有西联。我一看，收款人是詹姆斯，一个男的。再往下看更觉困惑，贝宁共和国，是个非洲国家。记得上中学时某一天，报纸上一行黑体字：“贝宁发生政变，总统失踪。”我居然跟贝宁都连上了。我立即问本强森怎么回事？他的解释很简单，贝宁是他的祖国，收款人是他前妻的弟弟。

人们分析问题有两条线，情理和逻辑。除了那些玩破案的，像福尔摩斯、宋提刑或李昌钰什么的，一般人从情理出发考虑得多些。本强森的解释尽管情理上无懈可击，贝宁的是原配，美国有家室。前妻身染重恙，其弟代理财务。这一切听上去都没问题，可我心里总觉得好像什么地方不对。我征求太太的意见，她把支票举在空中又看了半天说，先存了吧，兑现再讲。

如果说能否兑现是支票真假的试金石，那骗术岂不太小儿科了！五天后，支票果然兑现。我看到账户上猛涨五千元，一块石头落了地。我立即告诉太太，她看了看账户信息说："既然如此，就把余额汇过去吧，别让人家久等。"我欲出门，又被太太叫住。"你准备汇多少？"我说："欠人家两千两百元，当然全汇了。""这样吧，先汇两百，谁知贝宁会不会又政变，总统会不会再失踪？如果一切顺利，再把剩下的汇过去。"我一听也对，行，先汇两百再说。

非常简单，两百美元嗖地汇走了。我通知了本强森先生，并告诉他取款的密码。密码是汇款人设定的，没密码就取不出钱。没想到本强森立刻回信，他竟然忘记说谢谢，反以急促的口吻问道："为何只汇两百元？"我解释说："是怕你前妻收不到误事。"他马上用同样的语气催促我："请立刻把剩下的两千元汇过来，我前妻急等着钱做手术，请展示您的同情心。"他这么一说我倒惭愧，本来嘛，这是人家的钱，我凭什么扣下两千元。我想马上出门再汇，只见天色已晚暮云归鸟，西联公司离我家不近，到那里也下班了，于是决定，明早头件事，再汇两千元。

第二天清晨如洗，我收拾停当出门汇款。两千元虽是两百元的十倍，但西联汇款的手续同样简便，两分钟就好。回到家我照例把取款密码传给本强森。刚关上电脑，太太问："他爸，我画室这个月房租付了吗，房东怎么又找我要钱？""付了，支票早寄了。""那你赶紧上网查查支票号码，看兑现没？"我只好重启电脑，微软视窗的启动速度慢得能逼出人命，左等右等总算连上我们的银行账户。就这一瞬，咣！时光停滞了。明明昨天已兑现的五千美元，竟从账户上消失了，只留下一行似是而非的解释："开具方账户已关闭"。我呆住了，连声大叫："他妈他妈，钱没了！""什么钱没了？"太太跑过来扫了一眼电脑立刻说："不好，咱被骗了！"

"被骗，怎么骗了？"

“我也说不清。”

“这是咱们的钱，怎么又没了？”

“问题就出在这儿。”

“那刚汇的款怎么办？”

“赶紧走，看能不能找回来！”

我们重返西联，要求退款。办事小姐听完我们的诉求，又在电脑上查来查去说：“钱还没有取走，因为贝宁此时是半夜。不过马上退款不行，要等上级核准。”“那要多久？”“四五个小时吧。”我心说，这么久，钱早让人取走了。不行，不能等。情急之下我强制自己冷静，用缓和的语气说：“小姐，这是一笔货资，但汇错了人。不退也行，能否帮我更改收款人和地址？”办事小姐嗯了一下说可以，但要交付罚金。“多少？”“六十元。”我二话没说给了她六十元现钞，接着她帮我做了更改。当然，我用的是太太的名字和我家地址。改完我问：“何时能取？”“立刻。”“立刻？”为防节外生枝，我们跑到另一家西联去取款。当看到二十张百元美钞交到太太手里，我俩不约而同深深喘口气。又想起昨天汇出的两百美元，转身再问，钱已被取走了。

走在街上，我们彼此无言，川流不息的马路显得格外宁静。我自言自语说了句："我，我想买包烟。"其实我戒烟好几年了。没想到太太很爽快："好，去买。"虽说两千元已保住，可我仍不明白到底发生了什么？我取出烟，才发现没火儿。窘迫之际，只见太太拦住个过路的烟民，把他抽到一半的烟递上来，让我受宠若惊。想感谢太太又不知怎么说，阴差阳错冒出一句："你，先抽一口？"说完彼此都笑了。

我们没立刻回家，而是赶到银行问问到底怎么回事。听完我们的陈述，银行先让我们填了张表，说会转到调查部门进行调查。我生气地说："钱都兑现了，你们凭什么说拿走就拿走，拦路抢劫吗？"一位经理的解释让我们目瞪口呆："按规定，本地与外埠支票的兑现时间分别是两个和五个工作日，但只限于正常情况，即存汇双方账户都支持该款项的流动。如果出现意外，银行则需更长时间确认资金流动的最后结果。""你的意思是，"太太激动起来，"即便电脑显示已兑现，你们仍可在无限的时间里拿走这笔钱？""不，不是无限，"经理彬彬有礼地说，"按联邦法，银行应在十天内完成交割，超过十天是银行的责任。""既然十天，为什么电脑第五天就显示支票已兑现了？""电脑程序是按一般情况设计的，它不可能像人一样具体情况具体分析。"经理的话听上去柔中带刚。“照你这么说，银行对我们损失的两百美元毫无责任了？”经理说：“确实如此，尽管我本人对你们深表同情。”

还没等银行的调查结果出炉，媒体就纷纷开始报道类似的诈骗案。说有一家地产公司卖地皮，标价六十万美金，买主却寄来百万元的支票，并用几乎同样的理由让地产商在支票兑现后，把余款汇至一南美国家。结果，地产商破了产。报道还转引专家的话说，这是跨国职业诈骗集团所为，他们分工细致业务精良，对美国银行电脑系统的每个环节异常熟悉，所以能娴熟地利用支票转账中的时间差行骗。美国联邦调查局正对此类案件展开调查，不过根据法律，即使抓到嫌犯，由于资金已在境外，受害人很难得到赔偿，银行也不会对此承担任何经济责任。

窗外，风还在吹，屋檐下的望日莲还在开放。

几天后的周六，送完孩子打网球，接下来本是购物时间，一周的吃食全靠此刻备齐。我把太太拉进一家酒馆儿。她有些诧异：“你疯了，我不会喝酒，怎么把我带到这鬼地方？”“可这杯酒咱得喝。”我递上酒杯，深红的琼浆像一抹流连的云霞。太太嘟囔着：“钱都让人骗了，还有心思喝酒。”我笑笑说：“此时此刻，你说本强森和我们谁更沮丧？”太太没吭声，目光却渐渐丰盈起来：“咱们尽力了，正因为这样，我们才如此幸运，生活才如此多彩。”“来，干了这杯，让乌云散尽，待好梦重新开始。”太太眨着眼，持杯的手停在空中，想说什么又没说，猛地扬头一饮而尽。

我记得后来又收到过本强森的电子邮件，他原先的绅士派头已让彻头彻尾的“美国小痞子”味儿取代。他问：“嘿，爷们儿，你那架史坦威卖了吗？我真想买。”我学着他的口吻回答：“卖了，下次吧，爷们儿。”

下次？乖乖，但愿别有下次了，但愿。

假如生活道高一尺，你定可以魔高一丈

不久前《纽约都市报》刊登一则消息，报道了美国由于金融危机导致有些人付不起房贷，住房被银行拍卖后，只好生活在汽车里。报道管这些人叫“离无家可归只差四个轮子”的人（Just 4 Wheels Away from Homeless）。

该报道以一位名叫达琳诺尔的单身女士为例，她今年五十四岁，在金融海啸中丢失了工作，紧接着原有的一栋三居室住房也因欠款被银行拍卖。达琳无处安身，她突生一计，用不多的一点钱买了部 1978 年款的旧福特旅行房车，并带着她的五条狗及全部家当搬进车里，开始了以车为家的动荡生涯。

问题接踵而至。在纽约，以车为家是违法的，其实美国

绝大多数城市都不允许在汽车里过夜。为防警察干扰，达琳不得不经常变换停车地点。让她意想不到的是，在一段时间的折腾后，她居然发现，像她这样住在房车里的人竟大有人在。他们很自然地结成一伙，分享情报，寻找安全的过夜处。警察道高一尺，他们魔高一丈，在城市里与警察展开猫捉老鼠的游戏。他们经常趁夜深人静潜入某个社区，因为那里警察很少光顾。他们把房车排成一排，悄悄地停靠在路边，然后在早上别人尚未起床时把车开走，不让当地居民受到干扰。达琳对记者说，我们不是垃圾瘪三，我们只是需要些时间渡过难关而已。

实际上，警察对这些可怜的以车为家的人，采取了睁一只眼闭一只眼的态度。他们闪烁其词地对记者说，法律虽规定不许在车中过夜，但很难执行，因为规定说，必须抓到睡觉或做饭的现行证据才能断定是在车中生活，但每当他们去敲这些房车的门时，根本无人答应，更不会有人开门，这给他们的执法带来困难。

然而，这些人的存在毕竟影响了当地居民的切身利益。有些社区的居民抱怨说，清晨起来他们有时会在住房前的马路上发现排泄物或用过的保险套，还有人甚至听到车里传出卖淫或吸毒的声音，这一切令他们忍无可忍。不管这些被抱怨的事情是真是假，总之越来越多的投诉迫使立法机构最近通过了一条法律，禁止在居民社区的马路上停靠旅行房车。不管你住不住，连停都不许停，只要发现，轻则开罚单，重则用拖车拖走，没商量。

遗憾的是，这则报道到这里戛然结束了。我无从知晓达琳及其同伙们后来怎样，但我希望他们都能尽快走出生活阴影，重新获得尊严。如果我是市长，就给这些以车为家者办理登记，然后辟出一块地方让他们过夜，睡上安稳觉，为期三个月。三个月后如果还找不到工作并且没有收入，就按无家可归者论。

如果你是市长，该怎么办？

对生活挥汗如雨的人，在哪里都活得有底气

如果国内有人称外国人为老外，没人奇怪。八国联军那会儿我们称其为“洋人”，连慈禧太后都这么说，因为他们船坚炮利我们打不过，动不动就逼我们签丧权辱国条约，所以叫他们洋人，隐含畏惧之意。后来我们强大起来了，不怕洋枪洋炮了。朝鲜战场上的洋枪洋炮根本吓不倒中国人，刚分到土地的贫苦农民珍惜来之不易的好生活，大不了咱就拼了，拼一个够本拼俩赚一个，最后竟在三八线上逼洋人不得不低下高贵的“洋”头，签署停战协议。

从此洋人变老外了。我们内他们外，再加个老字，不仅没畏惧感，还有不屑之意，你们外边的别到我们里边捣乱，别指手画脚，别把自己的意愿强加于人，别影响我们搓麻将、

泡茶、挠背、掏耳朵和饺子就酒越吃越有的美好生活。

问题是，在中国你可以称外国人老外，可在纽约，人家洋人地面儿上，我们中国同胞照样称他们老外，完全跟国内一样。

有这么件趣事，纽约一家电视台，报道发生在纽约第二中国城法拉盛的一桩抢劫案。记者问证人发生了什么？证人是华裔，他说："我亲眼看见那个老外，用刀逼着店主掏现金。"记者忙问翻译："谁是老外，男的还是女的？"翻译解释说："老外是指外国人，可男可女。""外国人？哪个国家的？""当然美国的。""美国的？美国的怎么是外国人，他入外国籍了？"你说这叫一个乱。

以上例子显示出一个区别，老外这个概念对我们而言，爱谁谁，不在乎男女国籍，只要高鼻凹眼就算数。而对美国人来说则不同，他们首先想到的是法理，哪个国家、男的女的、国籍，都与法理相关，很具体。所以在法理上，我们这些在纽约的华人才算老外。我们毕竟不是土生土长，是移民，移民是外国来的，再加上美国文化中根深蒂固的种族歧视，我们就是老外。

不仅法理如此，生活更如此。只要与美国人发生争吵，或根本没争吵，就算走在响晴白日的大马路上，弄不好都会遇到有人对你说：“滚回中国去！”你与美国人讨价还价，最后他急了：“去去，不卖给你们中国人了，走开。”美国文化对“哪国人”非常敏感，一张口便是希腊裔、德裔、韩裔、中国裔，你不想当老外都不行。这个老外可不是说说算了，是实实在在，是权力、是利益、是无法与“老内”彻底平等的生活质量，是明月青灯下的一声长叹，是忍而又忍的郁闷，是期盼孩子长大不再吃这个苦的希望。

正因为这种生存状态，纽约华裔称美国人老外就不足为奇了。别人总把我们当外人，我们心底里也就自然把他们当外人，外人就是老外。这个老外与国内那个老外听上去一样，内涵则不同。国内的是指外国人，与我不相干。纽约则是指那个我们很难走近的群体，是相关相伴又难相亲的那些人。这里既有对生活现状的确认，更有自保自乐的无奈，别人不带咱玩儿，咱就自己玩儿。有人把这种现象贬低为中国人故步自封的民族性，我坚决反对。我们连国都敢出，我们出国就因为对海外好奇，对到海外闯生活充满梦想，怎么故步自封了？既没故更没封，我们赤手空拳敢在纽约折腾，谁故步自封呀？

在纽约，到底谁是老外？对美国人来说，我们是老外。对我们来说，他们是老外。一个“外”字道尽世事的冷峻和漂泊的沧桑，也浸透着我们坚忍不拔、乐观豁达的文化特征。老外就老外吧，你还能把老子怎样？

把日子过得风生水起的人，大多天赋异禀

友人索我诗集，过后问其感受。云：“哎呀，我没时间读的啦，只好上厕所时随便翻翻的啦，还不错的啦，蛮感人的啦。”他一大堆的啦，搞得我兴味索然。啥叫上厕所时随便翻翻，阿拉（我）的诗歌凭啥上厕所时才读？我愤愤不平，侬晓得的啦，自己作品被人家轻慢的感觉老难过的啦，讲不出，像自家孩子被邻人抢白，老闷的。

我陷入沉思。每每抑郁，我均呈沉思状。

比如听到某位老同学突变大款，他原本普通得不能再普通，寡言少语其貌不扬。谁曾想到他来了个“于无声处听惊雷”，一夜暴富，钞票多的嘞，我滴个乖乖，上海朱家嘴的房子买下好几栋。于是我想不通啊，搞不懂我俩之间究竟有

啥个区别，凭啥他能一夜暴富，阿拉却要辛苦度日。我陷入沉思。

再如，听到某位老友突然辞世。她年轻时美得嘞，长得就像个洋娃娃。我滴个乖乖，不骗侬人（你们），可记得伊丽莎白·泰勒年轻时的模样？简直一模一样。我那时最大的梦想就是跟她睡觉，人家是“铁马冰河入梦来”，我是伊丽莎白入梦来。听到她香消玉殒的消息，我抑郁，呈沉思状。

沉思状看上去老压抑的，其实未必。人类很多思想感觉的抽象升华，都是在沉思中完成的。不是有个啥子《沉思录》吗？从古罗马皇帝到近代哲人，都喜欢沉思，没有沉思就没有哲学艺术。当然，不是啥人的沉思都能转化成哲学与艺术造诣，譬如我的沉思，恐怕就只能是沉思。即便如此，我还是从沉思中获取了不少珍贵感受。比如，友人既然提到上厕所读诗，我便模仿他，也拿本诗集进厕所。女儿不久前刚好向我推荐了一本诗集，作者是她的老师，也是美国当代著名诗人，戴维·佛瑞（David Ferry）。对不起了戴诗人，我就拿侬（你）的诗如厕，请勿介意。

我的天呐，不试不知道，一试吓一跳，这才发现在厕所间沉思的奇妙。如厕时分是最私密的时刻，一泡屎顷刻间将我隔绝于世外，比火箭升空还畅快。此时此刻，顿感当年陶渊明先生所苦苦寻觅的世外桃源，就在厕所，就在如厕时分。门外有人怕啥，敢进来吗？男人进不来，女人不敢进。没人的地方就是世外桃源，清静就是世外桃源，如厕就是最没人最清静的所在，这不是世外桃源，啥才是呢？

于是我便自由了，最隐私时最自由。这自由不是随便杀人放火，是情感进入毫无约束的空间，自由的本质是情感自由，因为道德宗教的束缚根本上是对情感的束缚。人们只有在自由的情感状态下，才能充分体尝人性的美好、诗歌的美好、艺术的美好。难怪欧阳修在他的《归田录》中说道："平生惟好读书，坐则读经史，卧则读小说，上厕则阅小辞，盖未尝顷刻释卷也。"小辞耶，啥叫小辞侬晓得吧？乖乖，就是诗歌的啦！于是呢，我读着戴维·佛瑞的诗句，任心境随他的诗情升腾盘旋，让想象流水般浸入每一丝感受。我读过许多英文诗歌，此刻的感觉尤为细腻，我开始喜欢戴诗人了。

再说说那位"的啦"友人。当初还觉得他不够意思，阿拉给侬诗集，侬却将我的诗集与厕所相提并论，啥意思啦，侬搞得好吧？所以我郁郁寡欢。而此时的感觉已大不相同，完全两桩事。我用温柔的心情揣摩他如厕时读我诗集的情景，那一定是很具体很真切的，就像我读戴诗人一样。他会潜入自己的桃花源，在自由的情绪中，不仅能体尝诗歌的美妙，还不免陷入对作者心境的梳理。他会想象出很多浪漫荒唐的情节，他会听到韵律和节奏，享受音乐的初始之美，并且忠实地将私人感受与某些诗句交织在一道，唤醒记忆中最深最敏感的部分。这种感觉恰似洗温泉，尤其脱光了刚进入水中的一瞬，怎么讲呢，阿拉勿晓得怎么讲了。

我诚恳建议人们能在如厕时读诗。厕所间的确是读诗的好地方，可助人清气上升浊气下降，心境自由思绪飘逸，那正是诗歌的初衷。我们生活在无比世俗的年代，老多老多难以启齿的人和事在我们周边游走。这会让人麻木沮丧甚至绝望，所以心想必须有块忠实于自己的纯净之地。诗歌可以帮侬做到，如厕读诗可以帮侬做到。

去试试看，阿拉绝对不骗侬人。

有些决定，3 个月以后再下

回国遇到一对夫妇闹离婚。很熟的朋友，原以为就那么一说，都在气头上，拖拖就过去了。没想到第二天人家说离完了。离了？离了。这么快？可不呗，正好没人，不用排队立刻办，咔咔一盖章，两分钟完事。哪儿办的？结婚登记处。嘛玩，不上法院？离婚上嘛法院，又没财产纠纷，登个记不奏（就）完了嘛，有嘛呀。

天津人，住北京。

听罢我彻底 out，整个 hold 不住了，半天没咂么过味儿来。或许在纽约住得太久，对家庭的看法已今非昔比。家庭是社会的基本单位，等于一个无限公司。其功能首先是促进该公司生产力的发展，最大化追求家庭共同利益，以及由此为基础的社会地位和话语权。由于家庭利益可以继承，因此家庭应该相对稳定，以利财富的再生产。反过来说，如果家庭过于脆弱，轻易瓦解，必将导致社会生活动荡，社会管理成本增加，以及更多不可控因素的发生，比如妇女权益保障，是否出现新的贫困，以及儿童教育问题。

纽约作为一个成熟的资本主义都市，在离婚管理上十分审慎，力图维系家庭稳定和社会稳定。首先，离婚不会到结婚登记处办理。明明管结婚，怎么又管离婚？要知道在社会学上，结婚离婚是完全不同概念，根本无法放在同一机构处理。离婚要比结婚复杂得多，涉及各种法律规定，怎能交给结婚登记处的“大妈”办呢？

其次，纽约州离婚必须经法庭判决方能生效。协议离婚或非协议都一样，都得向法庭提出申请。结婚属公司注册，一张白纸。离婚是公司解散，涉及各方利益，必须按法律规定对利益分配仔细审核，判定任何一方的合法权益得到尊重后才能生效。这才符合家庭存在的意义，才能尽量保障长治久安的结果，才是适合经济基础的上层建筑。

此外，纽约对离婚设有三个月冷静期，即便双方谈好条件同意离婚，状子交到法庭后三个月没人搭理你，三个月后法庭才开始排队审理。这是故意安排的，就为给双方冷静思考的时间，一半左右离婚案都在三个月内撤诉。实践证明冷静期对维系家庭稳定功不可没。顺便一提，纽约连结婚都有24小时冷静期，一天内悔约可撤回申请，不算离婚。

中国目前已是市场经济初级阶段，与美国无本质区别。家庭的作用和功能，对社会的正能量意义也十分类似。而当下轻率的离婚制度遗传于往日计划经济时代，与今日经济发展的客观需要越来越不适应。离婚过于草率，家庭过于脆弱，都将破坏社会生产力的持续发展，造成新的不公平，极大增加社会管理成本，并给纳税人带来额外负担。家庭是私有制的起源，保护家庭就是保护市场经济的基础，中国人当下轻率的离婚已到有所改变的时候了。

03

你若

平日里潦草地敷衍生活

就别怪生活在关键时刻难为你

学会让步是一种本事

纽约人乍一看很酷，小西装、小领带、小皮鞋、小发型、小风情，件件都在点儿上，但别往细琢磨，越琢磨越没戏。你就说好狗不挡道这事，这在咱们那儿是幼儿园水平，五岁，五岁就知道往边上站别挡人家道，下一站下车早点换出来，这都属于生活常识，谁要不懂这个，人家肯定骂你："好狗不挡道，你也就狗的水平。"

你要这么说纽约人可坏菜了。为吗？因为纽约人压根儿不懂好狗不挡道的道理。不仅如此，人家还就爱挡道。比如，有人专爱在地铁入口停留，站在那里聊天儿。两人儿一唱一和，仨蛤蟆五只眼，都是没用的扯淡。看见人家下地铁也不闪道，还在那嘻嘻哈哈。没辙啊，人家只好绕开他们，从这边绕到那边，才能进入地铁。

还有地铁到站，正上人的时候，嘿，这小子就把着门儿不挪窝。还不能说他，一说他肯定跟你玩命。“怎么啦，我站这怎么啦，有本事你往里挤啊，说我干吗？”没法儿跟他们置气，都大小伙子，个头快赶上姚明了，顶我仨，打不过人家啊，只好沉默。

还有一种特可气，慢走道儿，几个男女并一排，有的手里还提着东西，边走边聊非常高兴。你正好在他们后头，坏了，你正赶火车呢，他们逛马路呢，心情能一样吗？马路就这么窄，你只好跟在后面听他们聊。更可气的，他们早看见你了，就不闪道，你说气人吧。他们并不认为这事有那么坏，他们不懂得此时他们已经妨碍到别人了。你要说劳驾，从他们身边蹭过去，人家还不乐意，说你急什么呀，等等就不行吗？

原本我认为这是教养问题，后来发现不是。挡道的什么人都有，老的少的，学生职员，有学问的没学问的，男的女的，各式各样。这说明什么，说明是普遍现象，在他们的生活方式中没这个需求。人家地广人稀，相对来说各种资源比较丰富，所以物质决定意识，压根儿没让道这种思考。挡道的不觉得自己坏，被挡的也不真生气，心理承受方面余地较大，所以很少因为挡道而发生争执。这跟咱们相反，只要看到挡道的，非理论一番不可。

普遍现象是文化问题，不是说改就改说变就变的。我在纽约近三十年，挡道的问题毫无变化，改变的只能是我自己，调整原本好狗不挡道的成见，让他们尽情挡道而不怒，让他们尽情堵门而不惊。我已不会为此生气，漂泊的人，气越来越少。

其实也挺可悲的。

生活不止眼前的苟且，还有无处安放的垃圾

据保守估算，纽约市常住人口约一千万，流动人口两百万，还有至少两百万非法移民，人口总量基本保持在一千五百万左右。虽比不上北京上海，但由于商品化程度远远高于后者，每天产生的垃圾数量仍是惊人的。

处理垃圾是纽约也是任何大都市头痛的事。

除工业垃圾，纽约垃圾分两大类，不可回收的生活垃圾和可回收垃圾。不可回收垃圾的处理方法原为两种，焚烧与填埋。纽约上州曾建有垃圾焚烧厂，后因污染空气被迫关闭。目前主要靠填埋。选择填埋场，将垃圾分层倾泻，再用土壤覆盖。我曾亲历填埋垃圾的大场面，在史丹顿岛，垃圾堆成巨大的梯形山坡，满天海鸥和各种鸟类，鸣叫飞翔。山顶上

的垃圾车像小蚂蚁，倾倒后，推土机用土壤将垃圾层层覆盖压平，直到某个高度为止。关键是气味，逆风十里，一股生棱子的腐臭，足以使人毙命。

剩下的是可回收垃圾。纽约实行强制性垃圾分置政策，生活垃圾与回收垃圾须分开置放，由不同的垃圾车收集。回收垃圾主要包括金属、纸张和塑料制品等，占垃圾总量1/5，每天约2000吨左右。该比例逐年上升。纽约处理回收垃圾的步骤基本如下：

首先将回收垃圾运抵垃圾分类厂。纽约市去年在布鲁克林新建了一座数控垃圾分类厂，该厂产权属纽约市政府。绝大多数的纽约市政设施，比如自来水、公共交通、垃圾处理设施，均为公共资产，法律严禁私人染指。

回收垃圾在这里被分类。塑料品卖给亚拉巴马、北卡和宾夕法尼亚的工厂，工厂用这些回收品做原料，生产罐装牛奶、果汁、洗涤剂、汽车机油等的塑料瓶。玻璃品则运至俄亥俄和新泽西的工厂，被制成盛放饮料和酒类的玻璃瓶。数量最多的是纸制品，每天约1000吨，占回收垃圾总量的一半。它们被卖到新泽西、俄亥俄和伊利诺伊州的工厂，被制成纸箱。这种纸箱可多次回收，反复使用。

纽约填埋一吨生活垃圾的费用是90美元，处理一吨回收垃圾只需70美元。而回收垃圾再销售每吨可赚10到15美元，等于将处理成本降至每吨60美元以下，既比填埋效益好，还没有填埋造成的繁重运输、土地荒废和水源污染等问题。因此加大垃圾回收，扩大垃圾分类，正是纽约市垃圾处理的主攻方向。新市长上台伊始，立即强化对违反垃圾分置法的惩罚力度，一旦查出将回收垃圾与生活垃圾混放，轻则巨额罚款，重则收监。

都市化城镇化从根本上说是一种生活方式，垃圾处理是它的重要组成部分。有人把抽水马桶看成是都市生活的象征，却不知垃圾处理方式才是都市文明的真正标志，甚至将这一条应用于对个人的评价上几乎也是适用的。

有些人丢掉称谓，就什么也不会

从前人们都以“同志”相称。后来改为“先生”“小姐”。这次回国情况不同了，“同志”基本没了，“小姐”也少了，不仅少，弄不好还闹误会，人家以为你暗指她从事不良职业，一句话噎你个底儿掉：“你叫谁小姐呢？你才是小姐呢！”

在国内与人接触，老朋友老战友还是老样儿，小陈、老陈、陈儿、九兄，还有叫我小名儿外号儿的，什么都有，时光顷刻倒流，让我听在耳里暖在心头。但也有人，他们喜欢用官职相称以示所谓的尊重。比如，先问我在美国做什么，我说是政府雇员。明明我说的是雇员，他马上接过来：“噢，您是美国政府官员，大家静一静，我来介绍一下，这位是美国来的陈官员。”官员二字未出口，发现不对，官员算什么职务？再说也没这么叫的啊，连忙转身再问我："您具体负责的是？""数据库系统管理。""噢，管理，您是主任。""大家静一静了，这位是美国来的陈主任，美国政府官员。"得，还是非把"政府官员"加上。

后来我学精了，再问我是干啥的时候，死活不吐一个字，我不说话你横不能再叫我陈官员、陈主任吧。即便我是主任又怎样？我当这个主任都当累了当烦了，逃回来就为度度假散散心接接地气儿，还主任主任追着我，让我喘不过气儿来。在海外给洋人打工的中国人，有一个算一个，甭管什么职务，主任也好总裁也罢，都得辛苦打拼，饱受文化和种族的压力。回国寻求的就是同胞亲情和文化认同，为的是能和当年的换命弟兄大碗喝酒大口吃肉，唱大江东去侃大山，让那些所谓的头衔滚一边儿去吧。

可你不说话吧，人家另有高招儿。"大家静一静啊，这位是，美国……您在美国做什么？"我扭头装没听见。"您在美国，我是说，您在美国，噢，明白了。静一静了，下面我来介绍，这位是美国来的陈老师。"好嘛，找不着官衔又改老师了，非不肯叫我名字。可称呼老师那我教什么？再说咱到这儿来也不为教书啊。

什么都得安个头衔儿，什么董啊，总啊，局啊，处啊。没头衔儿就叫老师，甭管有没有学问。你说咱好容易凑一块儿，是一起办公上课好啊，还是几个人心贴心地消磨一把时光好啊？又不是办外交，不举行什么仪式，怎么就不能松下来，逃离体系，稀里哗啦没大没小地胡闹一把。愣把全国人民套入头衔系统，分三六九等，累不累啊。到处是头衔儿，人呢？人哪儿去了？还有人吗？

下回我印个名片：大熊猫。看他怎么叫我？哼，陈熊猫也比头衔儿强。坏了，他要问我："您在熊猫里的职务是？""数据库系统管理。""噢，管理，您是主任。大家静一静了，这位是熊猫主任，不，主任熊猫，也不对，反正是主任，主任啦。"

只要敢想，睡觉也可以玩出新花样

年轻时在机关里工作，每天吃完午饭，单位里总有几个同事把椅子一拼，取出备好的毯子枕头，大睡起来。我们几个年轻的大小伙子睡不着，只好跑到楼道里打扑克聊天儿，或骑车出去兜风。

很长一段时间，我一直认为午睡是坏习惯，是萎靡不振的象征，甚至一度把午睡上升到国家命运的高度。可谁知风水轮流转，我曾听说上海大众汽车的德国专家来到中国后，也习惯了睡午觉。这让我想起了《纽约晨报》的一篇报道，关于在纽约流行的一种“新式”午睡。

报道说，一种自称“城市放松站”的服务形式开始在纽约出现，且有愈演愈烈的趋势。比如一家名为“伊罗”的放松站，在中央公园附近开设第一家店后，因生意火爆，马上又开了第二家、第三家。它的服务说起来也没什么大不了的，就是提供一个易于入睡的小环境，用老板尼古拉斯的话说，就是让客人感到自己像个婴儿。这里有封闭的小房间，有柔软的开司米毛毯和摇篮般的睡椅，客人可以选择自己喜欢的音乐，从中世纪的唱诗到北欧的摇篮曲，再加上随时间变换的光色，可模仿日出到日落的情景。所有这一切，都是为了让客人更好地入睡。

不仅如此，放松站里还有足底按摩等服务供客人选择。睡觉的收费标准是20分钟15美元，如果选择全套服务，那每小时的消费金额可达115美元。据说这种放松站深受纽约白领阶层青睐，尤其那些经常坐飞机出差的上班族和生意人，下了飞机后在这里享受全套服务，既可舒舒筋骨又能调整时差，何乐不为。难怪供不应求。尼古拉斯说，他准备在全球几大金融中心城市，比如伦敦、东京、悉尼等，开同样的分店，因为这些城市的金融业工作性质相同，肯定有类似的需求。

我不得不感慨尼古拉斯的精明与眼光的独到，睡个午觉都成了他赚钱的机器。不过，无论如何，在睡午觉的问题上我有了新的认识。除了我们自己爱午睡外，世界上还有很多人对午睡有着同样的需求。午睡和萎靡不振以及国家的命运并没有什么关系。

你这一辈子，有没有为谁拼过命

我儿子陈汉今年已二十二岁，一米八的身高，文雅英俊。每当望着他挺拔的身影，我都会想起一段“抢儿子”的往事。抢儿子？谁抢儿子，抢谁儿子？那是段难忘的经历，没错，我抢儿子，抢我的儿子。

儿子是带着一身幽兰之香在纽约出生的。他被医生捧离母腹时，我们并未听到那声约定俗成的婴啼。他如此安静，静得让我害怕。护士把他放在保温灯下，开始用细细的橡皮管为他吸痰。我紧张地站在一旁，目光凝聚在儿子脸上。这时，两个护士相互问：“是什么味儿？好香。”她俩左顾右盼，我也四处张望，最后她们大叫起来：“这个孩子，哎，是这个孩子！”正是这声叫喊唤醒了儿子的梦境，话音刚落，儿子哇地哭出来，嘹亮的声音让产房里所有人，特别是我，深深松了口气。

我承认，生儿子是件惬意的事。在他离开母体的一瞬，看到他胯下那堆零部件，一种尘埃落定大功告成的轻松，陈酿般浸透我的全身。这绝非重男轻女，我相信这是种古老的本能呼唤，说远了来自某种猴子，说近了源于亚当夏娃。这是对生命延续的一种期许，一种自然认同，或者说，一种生物的轮回感。在这点上，当时的我肯定和猪马牛羊狗还有狮子老虎是相通的。我不禁想起华夏文明的十二生肖，为什么要以动物作生肖呢？生命，肯定与生命的延演有关。

美中不足的是儿子降临时，正赶上我家改建房子。为了省钱省事，我们未择地另住，而决定蛰居地下室。装修师傅指天对地告诉我，顶多三个月就完。可五个月过去，完工仍遥遥无期。我不忍心让刚出世的儿子在这种敲敲打打尘土飞扬的环境中成长。在他满三个月的那天，我对妻子说：“你不是想回国调养调养嘛，回去吧，带着儿子，等房子修好再回来。”那是个时阴时晴的下午，我把他们母子送到肯尼迪机场。分别的一刻，不知为何，儿子的小手在梦中还攥紧我的右手食指，说什么不肯松开。我一忍再忍的泪水哗地洒了一地。

儿子大姨妈的儿子已经工作。当她看到妻子怀中我的儿子，据说激动得不停哭泣。她已退休，国内退休早，四十多岁就退了。她对妻子说："反正我没事干，把孩子放我这儿，你也该好好休息休息，就这么定了。"妻子的母亲去世早，大姨妈是长女，长女如母，妻子没敢顶撞。但她心中是很不情愿的，她不敢责备姐姐却敢跟我发火，电话里一个劲儿埋怨我为什么让她回国，全赖我。

我们开始等待。那是种春蚕吐丝般的思念，一种挥之不去的隐痛，像缝合伤口的羊肠线，穿过心头。我脑海里常浮现出儿子大大的眼睛，那股淡淡的胎香，还有头上的三个旋儿。特别是他脖子后面的一块红迹，无论形状还是颜色，都跟我脖子后面那块一模一样，这不能不让人感慨造物主的忠实与奇妙。说好的一年大限马上到了，大姨妈曾对妻子说："明年你回来再带走他。"我们早早准备回国的行程，希望尽快"收复"儿子。打行李时，我突然发现妻子买的几大罐婴儿奶粉，便问："这玩意儿月月买，现在儿子快回来了，还带它干吗？"妻子含泪望着我："你不懂。"

为什么我不懂妻子并未细说，当我们回到国内，个中原因才不言自明。大姨妈看来是个当断不断之人，或许排行老大又过早承担家务赋予她这种秉性。任凭我苦口婆心好说歹说，她就是岿然不动。她抱着“认姨作母”的儿子，一口咬定她妹妹身体仍需调养，不准我把儿子带回去。为保护“她儿子”，她可以一天二十四小时跟孩子在一起，上厕所也不例外。我们一起去梅龙镇广场购物，她居然进试衣间都没忘带上儿子。儿子一岁，懂什么，嘻嘻哈哈地傻笑，真是“商女不知亡国恨，隔江犹唱后庭花”。我悲愤地对妻子说：“这就是你带奶粉的真正原因，你出卖了我和儿子。我不管，她若不给可别怪我不客气！”

话说得够重，可事情很难这么办。人人都宁为玉碎不为瓦全，这世上也就没有家庭的立锥之地了。家庭需要妥协，就像需要爱一样，其实妥协就是爱。我们最终达成协议，再延一年。明年此时我将无条件带回儿子。“没问题，没问题。”大姨妈不住点头。“那咱们要不要签个东西，把刚才说的列出几条。”我马上提议。妻子接过话头：“大姐都同意了，我看就别签了。”我没再吭声，可心里暗自发誓，鱼死网破也在所不惜，明年我一定要带回我的儿子。

煎熬也好消磨也罢，又一年时光总算翻过。这期间我曾数次利用长周末回国看望儿子，可越看我的牵挂就越无法自拔。那些数不清的难眠之夜，终于迫使我脱掉“任人宰割”的儒家风范，决心以“卫国战争”的气魄和战略战术打赢这争子之仗。我信誓旦旦踌躇满志，连妻子都觉得不安起来。“如果，如果，你不要……”“什么不要不要，好像我在霸占民女逼良为娼似的，不就带回自己儿子嘛，他也是你儿子，何况有约在先！”“可是，可是……”“哪儿那么多可是！这次你少说话，看我的，要是领不回儿子我还算什么爹。”“那，那奶粉还带不带？”“带个屁！”

既然打仗就得运筹。经过认真分析，我发现此次回国“敌军”在明处我在暗处，完全可以攻其不备出其不意，打她个措手不及。除了买好儿子的回美机票，我还是带上几罐奶粉。兵不厌诈，此举只为麻痹大姨妈，让她不至过分警觉。大家见面之后，我并不过多谈论携子回美之事。我们天天还是一起出门购物、下馆子、听戏、旅游，怎么高兴怎么来。大姨妈的情绪时好时坏。明白时就说儿子应该跟着父母，糊涂时则一把鼻涕一把泪，说什么也不肯交出“她儿子”。她哭时妻子和儿子也跟着哭，男女声三重哭，哭成一团。我只得好言相劝：“你看，不是还没定嘛，再商量商量。”正巧这时发现，儿子的暂居证即将届满，我主动提出办理延期。就在那年延期的手续费以十几倍的幅度大大提高。我说没关系，我付这笔钱。说话时，我的手因紧张而微微颤抖，生怕大姨妈不肯交出儿子的护照。看来天不灭曹，我强作镇静地接过儿子的护照，把它攥在手里，直到湿漉漉。

终于，第二天就要回美了。那是个无眠的夜晚，我望着窗外朦胧的街灯欲诉无言。果然不出所料，大姨妈和妻子又一次达成协议，要再延一年，让她妹妹的身体再好好恢复恢复。此时她们姐妹就睡在隔壁房间，灯光从门缝泻出，伴着她俩永无休止的交谈。再恢复一年，下个孩子都出来了！莫非这才是大姨妈的本意？哼，是与不是对我而言都毫无意义。明天机场里，一切都该有个了断。别怪我不宣而战，为了抢回儿子，什么骂名我都敢担。

机场大厅命中注定是块温情舞台，这里几乎无时无刻不展示着悲欢离合。当天，这里终将上演一场抢子之战，这也是温情，起码是因温情引起的。妻子的至爱亲朋都来送行，当然包括我儿子，不过是大姨妈怀中的我儿子。我借口上洗手间，绕到登机必经之路的安检门，把我和儿子的护照出示给安检人员看。一个像负责人模样的小伙子，认真听取了我的陈述。“你看见那个女的了吗，靠墙那位，怀里抱个男孩儿？”“看到了。”“那是我儿子，就是护照上这个孩子。我要带他回美，这是我们的登机卡。可那个女的，孩子大姨妈，她不给。我一会儿趁其不备把孩子抢下，然后往这儿跑，你一定叫几个弟兄把她拦住。别轻敌，女的要拼命不比男的劲儿小。”小伙子又一次仔细检查了我们的旅行证件，远远看了看大姨妈怀中的儿子，严肃地对我点头说：“好的，你放心吧。”

我特意买了瓶可口可乐，因为儿子早被大姨妈惯出爱喝可乐的坏毛病。我把可乐在儿子眼前晃动，逗得他咿呀乱叫。大姨妈学儿子的口吻说：“快给我们吧，爸爸别逗我们了。”就在他扑上来伸手够可乐的瞬间，我毅然决然一把夺过儿子，拼命向安检门狂奔。那瓶可乐宣言般地砰然落地，摔得粉碎。大姨妈一怔，接着发疯似的哭叫着向我追来：“来人呐，有人抢孩子啦！还我的孩子……”机场大厅的空气顿时凝滞了，人们哗地围上来。更糟的是，儿子这时也张牙舞爪拼命哭喊，妈妈妈妈一个劲儿叫。一边是哭泣的女人，一边是强悍的男人，男人手中的孩子在向那个女人呼救。这种典型的恃强凌弱场面，对任何不知情者而言，是很容易血脉贲张的。从抢子处到安检门最多三十米，那是何等惊心动魄的三十米啊。

突然，随着一声美式英文“站住”的怒吼，一位人高马大的白人青年横空出世朝我袭来。我急忙也用英文大喊：“别拦我，我是父亲，这是我的孩子。”可他根本不听那一套，使命般截住了我，一把拽住我儿子的脚。在这个节骨眼儿上，那位保安小伙子带人跑过来，他们力图说服老外放手，并在我面前形成一条通道，直达安检门。可这时大姨妈也从后面追上来，她歇斯底里地扑向我，欲从我怀中夺走儿子。此刻，我真是心急如焚几近崩溃。就在千钧一发之际，只见妻子披头散发满脸泪水，她一把从背后死死抱住大姨妈：“他爸，跑啊，快跑啊你！”我不顾一切用力一推，老外一个踉跄，我趁势夺过儿子，迅速冲进安检门。

天呐，我成功了，我们成功了！

望着怀中的儿子，才发现他脚上的鞋袜早已荡然无存。我握住他赤裸的小脚丫，泪水滴滴答答洒在他脸上。孩子啊，你能原谅爸爸妈妈的大意和鲁莽吗？原谅我们，你第一次做儿子，我们也是第一次当父母啊。我把脸贴在儿子的脸上，自己哭泣也任凭儿子哭泣。突然，他的哭声一下停止，我顿感迷惑。只见他含泪的双眼望着我，吱吱呀呀伸出小手为我拭去脸上的泪水。我一把搂紧他：“儿子，咱们回家，咱们再也不分开了。”

蓝天白云，一切都在身后，我们命中注定是要抱在一起走向明天的。

男人要“装”

写罢《美成一把火，燃烧掉整个冬天》，马上有人质问，大冬天的，你让我们女人为打扮都冻病了咋办？你们男人打扮得也不咋样，怎么不说呀？叫一声大妹子听我表一表，我可没让你们姐儿几个大冬天光着露着，天地良心，我说的是如何在秋冬季穿得更有女人味儿，您可看清楚喽。至于说北京男人，别急，我接着说，有女必有男，这是普世真理，死追呀，不让追都不行。

话说北京男，您还别说，北京男人的打扮儿一年比一年强，两大特点可以证明：一是西装，二是夹克。就这两样，把北京男人承包了。我在世纪金源购物中心逛街，西装夹克遍地流，比人多。

西装夹克均为经典男性服装，能典型地突出男性特征。男跟女不同，本身缺条件儿，要胸没胸要臀没臀，像九兄这个，连头发都没有，巧妇难为无米之炊，所以对服装要求比女人更甚。我曾跟一位造型师聊，他说，打扮一个男人要多用十倍于女人的精力。为什么？正因为男女不同，男人在服装的要求上更抽象，更具概括性，它要求的不光是款式，更是风采，风采懂吗？

目前北京男人远没达到风采境界，穿衣仍旧处于千篇一律，缺少个性的初级阶段。要夹克都夹克，一米七五的可以穿夹克，一米六五的也穿那就不好看了，个儿矮就该穿长溜儿衣服。

西装也一样，西装关键是合身儿，不肥不瘦不长不短，这才能把男人的精气神儿挺出来。您倒好，拼命往里塞，先一件毛背心，又套件毛衣，再加个坎肩儿，西装需要挺拔的直线，到您这儿全撑圆了，把西装当外套儿穿，您就不能再买件外套儿吗？还有口袋，西装外面的口袋都是摆设，不能用，咱北京男，恨不得把大立柜都装进去。北京男出门不爱带包，穿西装喜欢腾出两只手，好像随时准备干活儿，所以什么都往兜儿里塞，塞得像俩小麻袋。

还想点明的是，即便那些白领精英，我在国贸办事时看见不少，他们虽西装合身，夹克得体，但整体风格不对。两个扣的传统式西装，要配传统的皮鞋，比如三截头儿。您非来双牛仔靴，忒现眼，根本不是一码事。西装必须与皮鞋的风格统一，包括皮带，形成完整的文化氛围，才显出男人的底蕴及身世，既有教养又有传承，让人觉得可信可靠。您东一榔头西一棒子，一看就现攒的，内心的肤浅一览无遗，整个儿现了。

此外还有颜色的协调，这就更深了，一句两句说不清。点到为止，还是让诸位京男自己悟吧。祝福你们，男人是家国之魂，要让你的女人和孩子脸上有光，穿得对穿得协调是最起码的。拜托了，谢谢。

读书误我

跟文化人打交道并非易事，免不了有吃瘪的情况。看过电视剧《余罪》吗？新犯人入监得先洗厕所，这是规矩。文化圈儿不洗厕所可也有别的规矩，比如如何念“陈寅恪”就是一条规矩。如何念呢？开始我不大明白。人家挑唆我：“九哥啊，你嗓子好，朗诵一段给我们听听。”说着递上一本书让我读。咱哪知深浅啊，傻不啦叽张口就来：“别传，陈寅恪……”刚到这儿，只听嗡一声刮风似的笑成一片，震得窗户哗哗响。我一愣，念串行了？不会，总共没念两行，没地儿串呀！发型乱了？也不会呀，九哥压根儿没头发呀！

这时只听叫声四起：“却，却，却……”把我整糊涂了。什么意思啊？听戏听相声的倒好可不是这个叫法，一般都是：“给他一大哄啊，啊哄，啊哄。”常说把什么人哄下台，没“哄”算什么倒好呢？我很尴尬，不知往下读还是鞠躬下台。这时有明白人对我说：“九哥呀，这个字不念‘刻’，念‘却’，应该陈寅‘却’才对。”接着还跟我解释，陈大师是江西客家人，在客家话里，恪的发音是“却”，所以念陈寅“却”才对。我听罢脸通红，恨不得找个地缝儿钻进去才好。

通过这个惨痛教训我学乖了，吃一堑长一智，你以为文化圈儿那么好混吗？既然江西客家人念却，那浙江海宁的徐志摩，安徽绩溪的胡适，江苏吴县（今苏州）的夏志清呢？海宁人念徐志摩是“与咋么”，绩溪人念胡适是“五四”，苏州人念夏志清是“呀咋清”，还真不好发音，得牢牢记住才行，跟背单词儿似的，否则不定什么时候就露怯。那阵子我天天闷在家里查资料，得先弄清各路大师乡关何处，再打听他们老家怎么发音，我甚至觉得该编本字典，把大师名字的拼音都列出来，省得念错不尊重大师，发音无小事哦。

也是巧了。

那天我参加纽约华美协进社举办的“张恨水纪念会”，他女儿张明明特意从华盛顿特区赶来，回顾她父亲的生前岁月。我一查，张恨水，安徽潜山人，赶紧把张明明拉到一旁问：

“你家乡话怎么说‘张恨水’？”“什么意思九哥？”明明一头雾水。“我是说，安徽潜山的发音怎么念张恨水这仨字儿？”她说她也不知道。“那你们在家怎么念？”“就张恨水啊。”“就张恨水？”“对呀。”这么一听我心里的石头才落了地。没想到会开到一半，有个老先生非要发言。主持人一介绍吓我一跳，他竟是陈寅恪先生的亲堂弟，定居纽约大半辈子。他侃侃而谈，讲他年轻时如何读张恨水的小说，以至须臾不可无之地步云云。

散会后我诚惶诚恐找到这位亲堂弟，问他陈寅恪仨字到底该怎么念？他说：“就念陈寅恪啦，发‘刻’的音，寅恪自己都念‘刻’啦。”“不会吧，不念‘却’吗？”“不用啦，如果这个念‘却’，那陈寅二字也该按客家发音，光一个字算什么！”说得我一时语塞，不知怎么接。

回家路上一直琢磨，他是陈寅恪亲堂弟吗？别又害我呢吧？

笼子里长大的小鸟，会以为飞翔是一种病

我有个大哥，比我大很多，是大婆在乡下生的。他跟我不亲，他妈早不在我家了，他还老用乡下土腔跟我爸说话，以示资深。但有件事他总叫着我，就是观赏他养的鸟。“快来，我又弄到两只黄雀，天下一绝，快来看呀。”

大哥养了满世界的鸟，屋里到处挂着鸟笼。这次是两只黄雀，个儿很小，叫声像抽丝，极其温柔。我盯着不放，它们却不敢看我。大哥说，黄雀很难人工繁殖，只有宝坻区的穆家会，这两只就是他送的，你仔细瞅瞅，能看出什么名堂不？

我仔细瞅。又仔细瞅。看不出，只发现这只总啄那只的毛，在打架吗？

“对喽，这你就看出问题喽。”大哥一说话就像首长，特烦人。他用手指着一只问：“你看它怎么了？”“怎么了？”病啦，背上长了块癣。我靠近一看，这只鸟的背上确有块羽毛稀少之处，皮肤发红。大哥说这是人工繁殖的常见病，不知原因，也没法治。

“抹药膏行吗？”

“不行，一抹准死，试过。”

“那怎么办？”

“没办法。”

一听没办法，我的心立刻揪成一团：“那怎么办，它这么小，怎么办呀？”大哥目光闪烁着：“这你就不懂了，绝就绝在这儿，你知道为何那只总啄这只的毛吗？”“为什么？”“就为那块癣，长癣肯定痒，只要一痒它就叫，只要叫，另一只马上啄它长癣的地方为它止痒，随时随地。”“真的？”我目不转睛注视着黄雀，果不其然，只要那只长癣的一叫，这只就啄那块癣，还用嘴蹭来蹭去的，很像挠痒痒，那只长癣的则眯起眼睛，仿佛很沉醉。哎呀，这太绝了。我不禁感慨，鸟都能这么亲……

大哥没作声。我觉得我说走嘴了。

过了几天，我主动问大哥那两只黄雀，我放心不下，想看看它们。大哥说："想看就过来，来晚可就没了。"我立刻打车过去。我与大哥离得不近，得走一会。

一进门便直奔两只黄雀，却发现它们被分置在两只笼子里，中间相距半尺。两只鸟都站在最近的一侧，你看我，我看你，抽丝般鸣叫着。我忍不住质问大哥，为何把它们分开，为什么？大哥冷静地说："我不能让它把另一只累死，这样下去那只好的非累死不可，我得保一只。""你！"大哥低头只顾填他的烟斗，他喜欢抽烟。

我情绪激动，盯住两只被分离的黄雀不放。那只长癣的还在鸣叫，它一叫，另一只就上下跳跃，还把尖尖的嘴伸出笼子，试图够到对方。这样的动作不断重复，直到累了，彼此发出哭泣般的呻吟，比抽丝悠远，发自喉咙深处。那只长癣的鸟开始闭眼，又睁开。而那只没病的不断呼唤着，它看到朋友受苦而不能相助，我觉得它的悲哀正从每根羽毛中像血一样渗出来。

这是很多年前的事了。大哥已故，而两只黄雀仍在我的眼前跳动着，跳动着。

天将降大任于斯人也，必先管住其嘴

纽约有句常话：人人是雇员。即便是自己的产业，你也是客户的雇员。而保持良好的雇主雇员关系，最重要的就是不要让雇主认为你不喜欢这份工作，或你没能力做好这份工作，还有就是，你不认为你会从工作中受益。

这听上去老生常谈，但有些不该说的话却天天响在耳边，几乎任何一间办公室都能听到。没人认为有什么了不起，可日积月累就可能让你倒霉，使你无意中丧失继续发展的空间。其中以下七句为最常见：

这不是我的工作。你知道，其实每个老板心中的潜台词都是，我让你做什么就做什么。人都这德行，有点权力就不得了。不过与其跟他顶，不如想想为何他把不属于你职责范围的工作交给你？如果你认为做不好，可以婉约地建议让×××做可能结果更好。不过你要知道，一般老板能把职责外的工作交给你，大多出于好意，所以不要一上来就生气。

这不是我的问题。如果你这么说，别人会认为你不在乎这份工作，老板也会这么看。问题发生时，如果你不想发表建设性意见，不如什么都不说，最好是能主动帮忙解决问题。严格说，问题发生人人有份，因为团队彼此都相关。

这不是我的错。知道此地无银三百两这句话吗？这么说很容易让别人怀疑你。你一定要弄明白，谁的错并不是问题的焦点，问题的焦点是如何解决问题，而不是彼此指责，解决问题比相互指责更经济实惠。

我不能同时做两件事。你在抱怨工作太多吗？放心，老板不会为此同情你。相反他会认为，要么是你不喜欢这份工作，要么是你做不来。如果你真觉得工作太多，与其抱怨不如开几句玩笑算了，否则吃力不讨好。

我做这个工作是大材小用。也许你是对的，但问题是，早干吗来着，有本事当初你别接受啊，再后悔这也是你的工作。而且这么说很容易得罪周围人，怎么着，就你棒，我们都不如你？何况老板会因为你抱怨提升你吗？

这工作太容易，是人就能做。也许你想说你特聪明，可别人很容易理解为你在暗示这项工作太愚蠢。老板最忌讳别人说他的工作愚蠢，不值一提，这对他和他所领导的企业是羞辱性的。记住，再愚蠢的工作也是靠人做的。

这事做不了，谁也做不了。这样说你从事的工作，首先就在暗示别人你没能力或没效益。与其如此不如想想问题是什么，目标是什么，怎样做才可能达到目的。这才是老板恰恰希望看到的，没一个老板希望工作做不了。

最后的劝告是，当疑问产生时，一定记住：沉默是金。

小城故事多，塑像别乱摸

美国弗吉尼亚州的夏城是座美丽小城，我一哥们儿的女儿在那里读书，老听他说夏城怎么怎么好。小城故事多，充满喜和乐，若是你到小城来，大门不上锁。看似一幅画，听像一首歌，就是最近闹暴动，死伤五十多。夏城乃一文化小镇，很多住宅的确不装锁，赶上天热，停车都不用摇车窗。可就这个地方，最近竟闹起暴乱，动手互殴开瓢见血，开车故意往人身上撞！

是这么回事儿。

美国弗吉尼亚州在当年南北战争期间是主战场。奔南是南军，司令是李将军。奔北是北军，司令是格兰特将军。若论资历李将军比格兰特牛太多了，人家是西点高才生，现在西点军校还有李将军的塑像。而格兰特原本只是个团长，打仗不按常理出牌，善于在运动中歼灭敌人，在北军即将溃败之际扳回一局，扭转颓势，被林肯总统破格提拔为北军司令，最终领导北军大胜南军，逼李将军掷旗投降，维护了美国的完整统一，保卫了由华盛顿等老一代资产阶级革命家创建的合众国体。

教科书里的南北战争到此结束了，而事实并非如此。欧洲自古希腊起就有蓄奴的传统。后来罗马人打败迦太基人、打败摩尔人，所有战俘都成为奴隶，古罗马遗址的浮雕上就有黑奴形象。这种根深蒂固的种族不平等意识随早期移民传到美国，南方种植园主认为蓄奴是再正常不过的事，凭什么你林肯一句话就把老规矩破了？南北战争可以解决统一问题，却解决不了人性的弱点。南方始终不服北方，代代相传直至今日。

可美国有些自由主义者专爱挑事儿，他们不喜欢某个人，就把怨恨转化为动力四处找碴儿。比如夏城这次暴乱，就因一伙人非要拆除李将军塑像引发的。南北战争后建立了很多格兰特将军的塑像。为安抚南方，林肯总统也认可人们修建李将军的塑像。这些李将军塑像随历史变迁，已成为白人至上主义者的图腾，是他们的精神象征。如今的美国，种族主义大有卷土重来之势。在此敏感时刻，拆除李将军塑像顿成导火索，引起白人至上主义者的强烈反抗。双方阵营在李将军塑像前先叫骂再动手，最后甚至开车冲撞人群，死伤五十多人。警察维持秩序又摔掉一架直升机，死了两名警察，乱成一锅粥。于是州长立刻宣布夏城进入紧急状态，其实就是宵禁，说开枪就开枪，令小城蒙羞。

塑像虽非真人，却凝聚着真人的情感。那是人们对历史的认同，更是对自身命运的强烈期许。这种感情原本是隐形的，只要塑像在，心中情感有所寄托，也就满足了。但如果非要拆除塑像，打破平衡，那无疑会激化很多人的共同情感，号角般把隐形的思潮转为显形的暴力。特别在政治局面微妙之际，比如此时的美国，自由主义者不依不饶，白人至上主义蠢蠢欲动，加剧了社会矛盾。尽管如此，大家就糊弄着往前走挺好，谁也别捅破窗户纸。拆不拆塑像其实不重要，如果塑像能缓解社会矛盾何乐不为呢，竖着去呗，有什么呀？就怕那些政治上浮浅之辈，缺乏经验又十分轻狂，根本不懂载舟覆舟一瞬间的历史教训。对于这种人，夏城暴乱就是一记警钟！

择一个排水通畅的城市终老

小时候住在四合院，基本没什么排水，小水泼地上自然蒸发，大水存在泔水桶里，再拎到外面往地沟倒。茅房也没排水，靠专门的淘粪工，淘粪工保佑着北京一方安宁，比上帝重要。

我在天津也住过，除五大道老租界地外，其他地区也没有排水。我住过一个地方叫南楼新里，在河西区，不远处有个坡儿，俗称下坡，人们把污水就倒在那里，久而久之变成一条小沟，雨水和生活用水混搭，居然还有小鱼苗。

这都是过去。

后来听说发展了，高楼林立把我小时候的记忆比得无地自容。楼高了，装修得也很洋气，我出门访友，他说他家是米兰式的。“米兰式？”“不懂了吧九兄，你们美国来的太土气了。”最后到他家一看，我去过米兰，却想不出他家与米兰的关系。当时外面下着雨，朋友让我稍候，他去挪车，把车挪到高一点的地方，怕被水淹。“这点雨至于吗？”“哇，不懂了吧九兄，这地方一下雨就积水，我上一辆车就这么报销的。”是吗，愣还米兰式？

常听到这样的消息，某地一阵暴雨，全城处处“看海”，北京如是，武汉如是，广州如是，很多很多地方如是，不胜枚举，不是说要搞城镇化吗，城镇化是不是就光“看海”啊？

同样规模的雨水，甚至更大规模的雨水，如果下在曼哈顿，为何就不会如此呢？实际上，纽约是个多雨的城市，起码比北京多，或许根本不可比，雨水可能打湿电缆造成局部停电，但绝少听说积水没过车的情况，绝少看到汽车或行人在积水中行走的情景，因为曼哈顿地下有一张一百多年前就已修建的排水管道网，管道巨大到可以走卡车，有些好莱坞电影曾取景于此，场面令人难忘，该管道可以应付任何极端的降雨，一套一劳永逸绰绰有余的排水系统，这才是城市不积水的根本原因。

城市这个概念是包括排水的。排水不畅，城市很容易成内涝。

江湖上的事，气魄往往比知识更重要

谁都知道温州人会做生意。20 世纪 70 年代，很多地区还在如火如荼搞运动时，温州人已开始做生意了。后来改革开放，温州人的生意更是做得风生水起。如今温州移民居然闯进大纽约，开超市，别具一格火得厉害。

近些年纽约物价涨得邪乎，油价涨什么都涨。美国的超市连锁店因经营费用升高周转不灵，经常有关门大吉的。我住的道格拉斯顿小镇的几家超市，两年间相继换人，走马灯一样开了关关了开，一看就不赚钱。

在此形势下，温州移民开的中国超市应运而生。怎么说？温州移民吃苦耐劳勤奋团结，他们人工费用低于美国人同行，这是其一。其二，他们没有美国人超市那么高的投入，比如，经营主要靠低价优质薄利多销，不花太多广告费。一般说，广告费占超市经营费用的四分之一左右，仅这一项就省下很多钱。最后一点最重要，他们身后有祖国做靠山，很多产品从中国进口，温州本身就是小商品基地，他们能找到的便宜货源是美国人做梦也想不到的，因此美国人做不了而温州人就能做，越做越好。

他们先在中国移民聚集地开超市，比如纽约的第二中国城法拉盛，这里中国移民集中，他们的外语水平有限，又吃不惯美国人超市的东西，当然希望在中国人自己开的超市购物。每到周末，超市门前人山人海挤都挤不动。收银小姐大都来自温州，秀丽俏美，一口温州话，像说外语，让你死活听不懂。有几家比较著名的，像中国城、大中华、昌发，都是人尽皆知的购物之处，生意非常好。

第一桶金挣到了自然图谋发展，发展来发展去离不开超市。这时的温州老板们把目光放在更大的市场，要和美国人的超市一决高下。就这一两年，温州移民开的超市已进入纽约长岛地区、新泽西州爱迪生市、普林斯顿地区，还有康州纽海文地区等，这都是典型的上中产阶级居住区，专业人士多、购买力强，对超市的依赖性很大。同时，他们的品位比较高，比如超市的设计、货物的陈列、品种结构、新鲜度、包装方式，等等，都跟在中国城开超市很不相同，这对开超市的温州移民来说是巨大挑战。但温州老板们似乎并不太介意。我跟一位温州老板聊天，他说："我从非洲到西班牙，从西班牙到美国纽约，什么能难倒我们温州人。"

这话说得豪情万种，他们把地球绕了一圈儿，不愧老江湖。但可以想象，前边的路将是十分不平坦的。在美国做生意不是勤劳就能致富，开餐馆或发廊，赚小钱没问题。一旦与美国人面对面竞争，抢地盘，光靠勤劳还不够。纽约小颈地区最近开了家中国超市，装修快完工了，突遭当地居民联名抗议，说在这儿开超市会造成交通堵塞环境污染，从而降低他们房地产的价值。以前这里是家百货店，跟超市差不多，开了十几年没人吭声，怎么中国超市进来就不行呢？原因很不简单。

可无论如何，温州移民闯进纽约的超市行业是箭在弦上，不得不发。他们抓到了最好的时机和题材，一定会把文章做大。带领华人走入美国主流社会的，未必是那些搞金融做电脑的华人精英，这些人从事的行业也是美国精英云集之地，竞争强机会少，很难产生规模效应。而江湖上的事，气魄有时比知识更重要，不信就等纽约的温州移民们一年年证明给你看吧。

养狗可以，变态不行

有些国人养狗已到变态程度。狗住院要陪床，在狗身边打地铺。狗在公共场所便溺不仅不管，还说狗就是人，应享有同等待遇。还有狗上公交车要坐座位。类似丑闻不断充斥报章网站，令人匪夷所思！

本人十岁开始养狗，德国黑背，取名亨利。十七岁又养一条土狗，也叫亨利。还养过京巴“猕猴桃”、吉娃娃“凯丽”、牧羊犬“日本”、金毛兄弟“托力古力”，还有朋友托我照顾的过路狗。别跟我侃狗经，我养狗的历史可能比您的长。狗的聪明、忠实、勇敢、多情，还有嫉妒和脆弱，了解得一点不比您少，对狗的尊重丝毫不比您差。我那条牧羊犬聪明到能为我女儿打掩护的程度。我女儿想参加聚会，我不许她去。“日本”便故意把我骗到厨房缠住我，要这要那。等把它伺候好回头一看，女儿早跑了。回来再找“日本”，它自知理亏躲在桌下不出来，还用爪子把眼睛盖住不看我。还有那只吉娃娃，为报复我喜欢“猕猴桃”更多，竟故意将屎拉到地毯的深色图案上，让我看不出来却能闻到臭味。这种事我不重样可以跟你讲三天。

可狗毕竟是狗。把狗当人看只是象征性语言，当不得真。否则不是你人性高尚，倒把自己沦为非人档次。我见过一些国内朋友家的狗，突出特点就是没规矩，处在养狗初级阶段。说咬就咬说叫就叫，对客人不友好，脾气怪异行为粗暴，一看就缺管教，主人过度放纵，狗毕竟没悟性，随兽性发展，长成一副粗俗的土匪相，令人生厌。

随着人人关系物质化的增强，人狗关系情感化已到变异程度。人毕竟有感情，有感情就得宣泄。金钱让人难以相信人的感情，同事之间、上下级之间、男女之间，一沾钱就变味儿，像喝汤喝出死耗子。于是人间便积攒了大量无处发泄的情感，很不稳定。于是有裸奔的、有飙车的、有跳舞的、有举报的，甚至还有杀人的，当然有些人就把情感寄托于养狗之上。把感情抒发给狗，久而久之成了习惯，把狗当人了。

你把狗当人是你自己的事，但强迫社会接受你的感觉和习惯就荒唐了。比如开头说的狗上公交车还要座位，听着好像你很文明，实际你是利用你的强势地位践踏人性，拿人的尊严不当回事，把狗性凌驾于人性之上。这是很恐怖的。当一个社会的价值观过度物质化时，人的尊严就变得不重要了。正因为人的尊严不重要了，才出现鸡犬升天的怪象。

养狗本来是修身养性的好事，但如果为此践踏人性就变态了。当养狗运动深入国内生活的同时，提倡文明养狗，做好人养好狗，也是当下非常迫切的任务。

胜利者大摇大摆，失败者才谈反思

如果将反思定义为对历史的自我批判，那美国、俄国需要反思的就太多了。

胜利者从来不需要反思，他们战胜的骄傲与自信，像纳帕山谷的葡萄酒一样，就着每天的牛排喝下去。像用顿河平原的小麦做成的列巴一样，蘸着鱼子酱咽下去。他们的女人乳房里流出的不是奶水，而是祖先的钢铁意志，是战胜者的智慧勇气，他们是靠这些喂养下一代的。从一战时期的老罗斯福总统，从彼得大帝的俄国，他们都忙着打胜仗呢，没时间反思，他们都忙着开疆拓土呢，没工夫不战而屈人之兵。他们失败过，面对强大的德国，面对曾经的中国军人，他们几乎意志崩溃。但强大的战胜传统和充满意志力的英雄人物，斯大林、里根、普京，一次次用胜利而非反思，拯救了自己的国家。

胜利是不分正确与错误的，就像资本是不分正确与错误的一样。一个民族的意志和自信是靠胜利积累起来的。一个文明的价值、地位，是靠胜利浇铸起来的。离开胜利奢谈崛起复兴，奢谈走向世界，奢谈大国责任，只能是画饼充饥。一万次反思抵不上一次小小的胜利，胜利不怕小，就怕没有，就怕是零，只要有就有希望。民族的光荣未来是靠一次次无论大小的胜利牵引出来的，没有物质的胜利，再多的反思也是徒劳。我们反思得太多了，都成折腾了，反思式折腾，把五千年历史从头糟蹋到尾，还嫌不够，还觉得自己这不行那不好，这个没接轨，那个不入流，这种所谓的反思就是不断认为自己这也不行那也不行，不断用妖魔化自己的历史来摧毁自身民族的自信。

中国半个多世纪的发展历程，已经创造了人类历史的奇迹。把一个一穷二白的贫困国家，变戏法似的变成今天世界第二大经济体，这本身就是体制优势。站在中国之外你才发现，世界多少人羡慕中国，我们想干什么就干什么，想干什么就能干成什么，我们的资本可以集中优势兵力打歼灭战，填补一个个空白，我们的纲常伦理可以承担巨大的社会责任，降低社会成本。现在我们需要的只是坚定的自信，世界都看出来了，我们离成功已经非常近了，胜利只存在于再坚持一下的努力之中。只要我们绷住劲儿，稳住神儿，再坚持那么十来年，到那个时候就明确了，中国就真的强大了。

人与人之间差距之大，仿佛跨越了物种

友人在纽约办了一所小学课后辅导班，孩子基本分两类，白人与华裔。几天前跟这位友人吃酒，他三句不离本行，聊着聊着就聊到那些孩子，张家长李家短，仨蛤蟆五只眼。我听着听着听出了名堂，问道，原来中美从小就如此不同，莫非胎带的？友人点头称是，说根本不是一种猴儿。

首先是霸凌问题。霸凌源于英文的 Bullying，即以强凌弱。美国人的小孩非常善于此道，中国人则绝少。比如规定每人只能上电脑玩游戏半小时，但偏偏有的白人孩子过时不走还动手打人，屡教不改，完全出自本能。难怪霸凌是美国中小学挥之不去的恶疾，这几乎是白人孩子的“革命传统”。值得一提的是，搞霸凌的未必身材强壮，有些个子小的孩子

性情如狼，敢于出手，连比他高大的孩子都害怕。所以不光发展是硬道理，有时候勇气也是硬道理，意志更是硬道理。

其次是对利益的敏感不同。美国人孩子懂得他们的利益在哪儿，中国人孩子大多糊里糊涂。对一把椅子的抢占，对一个座位的争夺，中国人孩子还没弄清咋回事，美国人孩子早把该占的占好了。老师看得最清楚，那个座位那把椅子都是最舒服的位置。这么小的孩子就这么在乎细小利益，家庭教育才是主因。中国人孩子什么都是家长给的，不给不敢要。美国人孩子很多则靠自己寻找，家长不直接提供，而是启发孩子自己长本事去争夺。

还有撒谎能力，美国人孩子远胜中国人孩子。美国人孩子撒谎脸不变色心不跳。而中国人孩子哆哆嗦嗦，一句硬话立马尿裤子。比如做功课，孩子一进门老师便挨个儿询问，家庭作业是什么？有些美国人孩子张口就来：“没有。”“真没有？”“真没有！”不料几天后家长找上门，问为何他的孩子不做功课，这才真相大白！可那孩子又改口说自己没说过没作业，死不认账。最后老师只得让家长签授权书，允许翻学生书包，查看学校留了什么作业。

最可怕的是报复心态。美国人孩子有仇必报，中国人孩子有仇忍着，然后忘掉。比如美国人孩子因打架被罚站，尽管他明白应该受罚，但事后仍想方设法报复你。要么把皮球扔进马桶，要么把饮料打翻泼洒一地，假装是无意，实则故意报复，非常恶劣不止一次。而中国人孩子挨骂挨罚也憋气，只要事后说几句好话，他很快就忘了，还反过来讨好你，让你一声叹息，不知是该欣慰还是悲哀。未必事事报复，但不应轻易忘却。

友人刚讲到这儿打了个酒嗝儿，接着便唱起：“上虞县，祝家庄，玉水河边……”还别说，他越剧唱得不错。我说：“你是不是喝高了，上面的话还算数吗？”“算数，绝对算数，不止这些，下回接着侃……有一个，祝英台，才貌双全……”得，本来说得好好的，愣让他改堂会了，这小子。

傲慢与偏见

回国与人交流中隐约有种压力，总是试图解释海外生活如何与国内不同，不光是物质的，更是情感和心灵上的。物质的好说，吃什么喝什么容易界定。但精神上的看不见摸不着，让我欲言又止。我是个疯疯癫癫的笔者，不是哲学家，肚子里有货说不出来。但那天一个巧遇，让我似乎找到诉说的支点。

老同学王某来电话，请我去世贸的“苏浙酒家”吃清蒸鲥鱼。1982 年我们班在上海毕业实习，正逢鲥鱼季节。我俩脱队偷偷乘火车去南京，再转汽车至扬州的“富春茶社”，那儿的清蒸鲥鱼最地道。这次回国一见王兄他说非陪我再吃一次这道菜。我住北京西边的“世纪城”，他来接我。可过了一会儿他又来电话说，车子堵在二环朝阳桥上，根本挪不动。这样吧，你打的到西直门，从那儿乘地铁到朝阳门下车，我在地铁站等你，否则咱半夜也吃不上。

按指示我到西直门乘地铁。车行一半，突闻一股恶臭冉冉浮起，准是谁放屁了，是那种典型的蛋黄儿屁，无声无息，臭得你喘不上气来。这时有人高喊，靠，谁放屁了，你今儿吃的什么呀，是准备拿奥斯卡奖还是诺贝尔奖。很多人马上随声附和，骂成一团。但说归说骂归骂，当臭味儿散尽大家也就消停了。这让我想起在纽约的一次经历，与放屁有关，就没这么简单了。

十几年前我找工作，位置不错，一家大公司的数据库主任。技术面谈顺利通过，这方面我不在乎。接下来是复试，与公司主管数据的副总裁面谈。按说这只是个形式，差不多就行了，没想到竟在这里翻了船。

面谈是上午十点整，我准时到达。走进华丽的大厅，听到自己的皮鞋喀喀地响，神情爽朗。我乘的电梯是从 41 层到 55 层，运行需要一点时间。当电梯刚开动不久，突闻一股恶臭冉冉浮起。没错，肯定什么人放屁了，原来美国人也放蛋黄儿屁，看来在放屁上人类没啥区别。我这么寻思着，随人们的表情四处张望，做无奈状。但望着望着，觉得他们的目光渐渐集中在我身上，这才发现自己是电梯里唯一的华裔，其他皆白人。被众人目指是令人尴尬的，中文有“众目睽睽”之说，就是此等心情。我感到很不愉快，因为这太荒唐，你们凭什么看我，凭什么认为屁是我放的？他们继续看我，有人摇头，甚至一个女性轻声说了句“恶心！”，让人实在难以忍受。我不满地说：看我干什么，又不是我放的。谁想此言一出，周围人立刻喃喃，没人说是你啊，我们谁也没说屁是你放的，是不是？是，是，没说过。听他们如此怪腔怪调我更火大。“没说你们看我干吗？”看你，我们看你了吗？看了吗？

步出电梯时有位先生走在我前头。你猜怎么着，他就是那位副总裁，马上跟我面谈的人。我坐在他对面不知如何开口。他说：对不起，我还有个会，我们重新约个时间吧。什么时间？我秘书会打电话给你的，再见，很高兴见到你。

当然，他的秘书再也没给我打电话，事情就这么过去了。

04

这个世界
从不曾亏欠那些
用心对自己
用力去生活的人

野孩子的纯真年代

这次回国我去朋友家串门儿。出租车从北京平安大街拐进一条胡同，有个女孩儿横穿马路险些被撞倒，司机一声大叫来个急刹车：“找死啊！”就这瞬间，我抬头发现墙上有个牌子，红底白字写着“蓑衣胡同”，心中一惊，难道这就是我儿时的幼儿园，据说也是道光年间礼部尚书汪廷珍汪大学士的宅邸所在地——蓑衣胡同？忙问司机：“此地是锣鼓巷？”“没错。”“您停车，我在这儿下。”“没到呢，不是去戏剧学院吗？”“我这儿下，就这儿下。”司机只好停车。

眼前一片朦胧，喧嚣的世界顷刻消失了。茫然中我走进渐渐清晰的记忆，古都的街道，儿童车，就是平板三轮车上加个木房子，母亲牵着我，墙上的宣传画是孙悟空翻跟斗。

每到这里，我就装着欣赏那幅壁画不肯前行。母亲开始和我谈判："给你买铅笔。""不，我要你第一个来接我。""妈妈尽量还不行。""不行，得保证。""好，保证。""那也不行，给我一只手套，我要拿着它去幼儿园。""好，给你。"我把手套放在鼻子下，闻着妈妈的味儿往前挪。哇，怎么会想起这些？多少年了，以为全忘了，但却连当年清早的湿润空气都能感觉到。

我睁着眼却什么也看不见，完全在催眠状态下行走。蓑衣的蓑字很难写，可它是我最早认识的几个中国字之一。母亲问："你的幼儿园在哪儿啊？""蓑衣胡同。""知道什么是蓑衣吗？""不知道。""蓑衣就是古代人的雨衣。"直到长大后读《诗经》："尔牧来思，何蓑何笠。"还有《红楼梦》里，贾宝玉穿着北静王送的蓑衣访黛玉，非要送给黛玉一件，所有这些都让我想到这条蓑衣胡同。

安静，那时最大的特征就是安静，人静天也静。我们班有个安静的女生叫小娟，她喜欢用旧毛线织东西。我问："你织什么？"她低头不语。"你给我织件毛背心好吗？"我想起母亲正在织一件毛背心。她点点头。后来说完就过去了，忘了。有一天幼儿园的医生杨阿姨穿着白大褂走进来，说小娟患了腮腺炎，传染，必须隔离。小娟拼命哭，不要去。可老师抱住她她没办法。走到门口儿小娟回头，把手中的东西朝我扔来。我捡起，是一件很小很小，小到只能给小老鼠穿的毛背心。

班里的郭小明善用京剧道白讲三国，他一讲就像排戏，每个听众都得演个角色。我老演关公，站着不动。《甘露寺》一出说刘备过江招亲，娶美人孙尚香。这回我想演刘备，因为演孙尚香的是小娟。可郭小明不同意，非让我还演关公，说下次就有我，下次他讲《千里走单骑》。我说不行，就这次。最后我俩上演了一出武生戏，从屋里打到屋外，衣服撕了脸也破了，双双在门口罚站。

五六岁的世界啊，几乎什么都有，爱美、吃醋、嫉妒、显摆，甚至性，不可思议，完全不可思议。齐杨说："你的怎么跟我的不一样，为什么我没有。"她是将军的女儿，事事争先。我说："要么把我的给你吧。"我总让着她，要什么给什么。可这次没法儿给，不知怎么给，也幸亏没给，将军腰里的家伙可不是吃素的。

"您找谁？"我被一句突然的问话惊醒。猛抬头，不敢相信眼前杂乱无章的院子就是汪府，我当年的幼儿园。"回家。"

我喃喃地说。“您住哪儿？”“就在后院儿东边的北房。”“北房，噢，您是老姚家的姑爷吧？喂，姚大妈，姚大妈，你们家姑爷从国外回来了！”“你怎么知道我从国外回来？”“眼神儿，发呆找不着北的都是。”他说。

有的人虽然离开了，却留下了色彩

旅居纽约的著名画家陈逸飞逝世几年了。他死得很突然，我听到消息心里毫无准备，不敢相信这是真的。特别是看到他逝世的原因是什么胃出血，更觉诧异。

在我心里，陈逸飞是个放风筝的男孩儿。他手里牵着风筝的丝线，在拥挤的人群中，在空旷的文化里，在深沉的梦想上，拼命地奔跑。他跑得面红耳赤、气喘吁吁，可他的眼睛始终离不开正在天上飘扬的风筝。那风筝是什么我说不清，如果问陈逸飞本人也未必说得清。他心里浮动着一个梦幻般的感觉，这个风筝就是这种感觉的物化。他和他的梦幻，说不好谁牵着谁，他们相依为命。当生命结束时，谁能告诉我是梦先结束还是心跳先结束？是梦带走了他，还是他终结了梦呢？

无论谁先谁后，在我看来他们是一同西去的。他们是一个整体，也可能当陈逸飞来到这个世界上时，那个梦就已经开始了。此刻当他离去时，那个梦，那个美丽的风筝也随他飘远。我为陈逸飞的生命惋惜，主要是因为他生命承载着的那个美丽梦想。那个梦想原本不光属于他，也属于所有与他有着相同黄面孔黑头发的人们。只不过，请允许我再用一次“神”这个词，是神的旨意，让他把这个梦，像风筝一样在人海中放飞。可他突然就走了，我开始慌乱起来。像个寻找丢失遗物的彷徨者，到处搜索被陈逸飞带走的梦想。浔阳江口的遗韵呢？江南水乡的风情呢？做白日梦的少妇呢？吹长笛的金发女郎呢？还有还有，上海新天地的石库门群落呢？春申江畔优雅的金枝玉叶呢？人约黄昏后的那条长长的围巾呢？理发师的那辆古老的英国自行车呢？都没了，再也没有了，风筝的线断了，放风筝的小男孩儿不见了。

有人称陈逸飞的油画是写实主义，他们其实不懂你。有哪位艺术家真的在乎什么主义或风格？他怎样生活就有怎样的作品。你的整个生命都在优雅的梦境和坚韧的现实中徘徊，在真实和幻想中游移。你需要让自己坚信对生活的理解，所以宁愿相信世界是物质的，是有冷有热有哭有笑的。可同时，现实世界又是有限的，和你心中的梦幻相比实在太小了。你要用心去扩大世界，你要用浪漫的情怀去爱、去重新解释世界。你不仅这样生活，还把这种解释融进你所有作品中——油画、服饰、环境设计，当然还有电影。从你所有作品的密码中，人们最难破解的就是你古典雅致的浪漫格调。诗一样的节奏，思念一样的寂寞，舞台剧一样的明亮辉煌。你用手中放风筝的丝线，把历史和今天连在一起，把梦幻和现实连在一起。你带我们一同走进湮没的典雅与辉煌，再把这一切安静地呈现在世界面前。

放风筝的男孩儿，你的脚步真的疲惫了吗？你攥紧丝线的手为何颤抖？你最后的日子已经不像艺术家了，而是位以命相许的古代骑士，莫非你已听到什么，意识到什么？你仿佛在寻找一个简单的理由来一次终结，像开家庭聚会一样，当客人走了，你随手关上门，再也不打开。

可你丢失的风筝还在飘扬，你的浪漫情怀正随早春的风，洒遍原野。

舌尖上的新年

“姥姥，咱家什么时候蒸年糕啊，人家小二家都蒸两锅了。”我一溜烟儿跑回家大声喊道。姥姥用粗糙的手在我脑袋上胡噜了一把说：“这就蒸这就蒸，去吧，玩儿去吧，你回来就蒸好了。”我一步三顾地蹭出门，可心还在年糕上。看看小二端着盘子吃，从这边转到那边，又从那边转到这边，还故意发出吸溜吸溜的响声：“馋谁呀你？等我姥姥蒸出来，我端着锅吃，信吗？”

想起小时候过年，鞭炮归鞭炮，饺子归饺子，可真正让我忘不掉的，还得说是姥姥蒸的年糕。雪白的糯米面里掺了好多花生仁儿、核桃仁儿、瓜条儿、山楂条儿，还有青红丝，别提多好吃了。我最喜欢吃里面的青红丝，有股杏仁儿味儿，甜不甜酸不酸，怎么吃怎么好吃。每次我都是把青红丝挑出来，放成一小堆儿，等吃完了年糕再一根儿根儿慢慢品。我大哥为此总骂我："瞧你那小气样，像个女孩儿似的，还不一把下去算了，能急死谁。"可说完他马上又对我嬉皮笑脸："嘿嘿，给咱点儿，上次偷小二他们后院儿的枣，还是大哥我给你留了一堆儿呢。"

在我的印象里，年糕是一种记号，是电脑键盘上的回车键，只要一敲，一下就带出好多温暖的事、甜蜜的事、舒坦的事，这些一齐涌进心头。

每当快过年的时候，学校已经放寒假了。白天在严冬的西北风里跑了一天回到家，姥姥会端着一盆烫烫的热水放在我脚下。她抚弄着我的小脚丫："看看，都皴成这样了，野小子，袜子呢？""不知道。"我故意扭过头去。"不知道？不是昨天刚给你买的新袜子吗？"我不能告诉姥姥袜子早被我做成网兜儿，跟小二他们捞鱼虫去了。这也不能全怪我，用袜子捞鱼虫儿简直是天衣无缝。把袜子绑在一个铁丝编的圈儿上，凿个冰窟窿，在里面搅几下就满了。小二他爸就贩这个，一袜子鱼虫给我两毛钱呢。那时的我怎么会想到，一双袜子要五毛钱才买得来呀。

“姥姥，还有年糕吗？我饿了。”我开始跟她打岔。姥姥温柔的目光一下明亮起来。“有，有，锅上给你热着呢。就知道吃年糕，光吃年糕怎么行啊，你也得吃点别的呀。”说归说，她转身把一盘年糕端给我，上面还放了好多红糖。我连忙喊道：“我不吃红糖，不吃红糖，我要白糖。”“为什么不吃红糖？”“小二说红糖是给女人生孩子吃的，他妈生他弟弟时就吃了好多红糖。我吃红糖干什么，让我也生孩子啊？”姥姥气得笑出了眼泪，只顾用手在我脸蛋儿上拧个没完：“这孩子，这张小嘴儿。”

马上又要过年了，纽约中国城的商店里到处摆着各式各样的年糕，让我感到温馨又失落。我问上小学的女儿：“要不要爸爸给你买块年糕回家吃？”“可以吧。”“什么叫可以吧，要还是不要？”她不置可否地耸耸肩，没说要也没说不要。我几乎是乞求地说：“买一块吧，爸爸给你讲个关于年糕的故事，肯定比花木兰还好听。”她凝视着我，疑惑的眼神突然冒出光来。“是这样的，从前有个小男孩儿，跟你差不多大。”“你是说你自己吗爸爸？”女儿好奇地问我，让我一下子不知打哪儿说起……

别跟女人拼酒

女人和酒的故事，说来话长。据《战国策》记载：“昔者，帝女令仪狄作酒而美，进之禹，禹饮而甘之。”我的天呐，原来女人是酒的发明者，发明者不善饮，讲不通。过去一听女人说不会喝酒，就信了，女人嘛。可这次回国才明白，女人说不会喝酒，虚多实少，对此我教训惨痛。

某日老友欢聚。席间一女，三十岁左右，甚靓，是老同学刘立带来的朋友。酒上三巡，我与刘立对饮，杯飞盏走，互不相让。刘不支，对女子说：“上，给这假洋鬼子点颜色看看。”靓女起身说道：“九兄，我们初次见面，敬您一杯。”“我本已微醺，大呼，来者何人？”靓女不含糊，答道：“唐将秦琼。你是何人？”对曰：“汉将关羽。你在唐朝我在汉，扰我酒局为哪般，我一杯来你三杯，看你还敢犯边关！”谁想她不慌不忙地说道：“九兄当真？这样吧，我虽不会喝酒，但恭敬不如从命，就按九兄说的办。”

这让我十分意外，有进退两难的感觉。旁人起哄，早将酒杯排成一列，水晶般闪烁。我推说不想欺负女人，算了吧。刘立则说，九兄差矣，喝酒不论男女老少。有这说法？我上当就上在这里。我对刘立说，你少来，真以为我不敢喝？说完一杯下肚，干净利落。靓女神情自然，瞬间连干了三杯。我继续喝，她继续饮，我喝三两，她喝一斤，面不改色。

事后与行家总结此次与女人拼酒且惨败的教训。行家说，女人身体中分泌一种特殊的酶，有助解酒，男人先天不足，拼不过也属正常。我如梦初醒，突然想起《战国策》中还有一句：“禹饮而甘之，遂疏仪狄，绝旨酒，曰，‘后世必有以酒亡其国者。’”从帝女、卓文君到杨贵妃，女人与酒难舍难分，酒是女人的心思，女人是酒的化身，女人就是酒。

我说弟兄们，跟我一起发个誓，往后咱不跟女人拼酒，行不？

征婚广告里的小风情

如果报上出现类似“京本丧”或“离无累”的词句，您懂什么意思吗？反正一开始我没看懂。回国期间每日读北京的报纸，两页间夹缝处必刊广告数则。有治病的，有卖小商品的，还有便是上面提到的：“京本丧”“离无累”。

开始以为是故意拽文，弄几句文言在此卖弄。可琢磨不通，怎么也找不到这些文言的出处。京，一般指都城，比如北京、南京，北宋国都汴梁也称东京，宋人笔记《东京梦华录》，作者为孟元老，说的就是汴梁之事。本，常作基础解，民为邦本，民众是国家之基础。“丧”字最容易解释，就是死了。那“京本丧”应该就是“京城的基础死了”，什么意思？没看懂。

再说这“离无累”。“离”字古今差异不大，都表示分开。诸葛亮在《出师表》中有“当今远离”之句，即此意。无，指没有。荀子在《法行》一文中有“无内人之疏而外人之亲”句，即此用法。“累”字稍微复杂，有疲劳、连及、重叠等意。例句甚多，容不赘述。这仨字放在一起听上去是“离开没有负担”，既然没负担你登广告所谓何来？还是没弄懂。我不禁感慨，年年回国探亲访友，还是追不上中国的变化步伐，连中国字都看不懂了。

我带着这个“伤感”的问题继续读下去，一字字地读广告内容，非弄清到底说的是什么。经反复比较，加上请教老同学，老同学听了我的问题哈哈大笑，说：“广告里不是有电话嘛，你打过去问问呗。”我说：“好像是征婚广告，不好瞎打电话。”“你猜对了，正是征婚广告。”哇，果然如此，幸好没打。

最后总算像破译密码似的搞清楚了。“京本丧”“离无累”均为征婚广告的标题。“京”指北京，“本”指大学本科学历，“丧”是丧偶。加在一起就是：一个具有北京户籍，大学本科学历，并且配偶已故的男人或女人，寻找伴侣。同理，“离无累”的意思是：一个离婚的，但无子女拖累的男人或女人，征求另一半。哇，这么一大串文字，愣用六个字表达出来，若无人指点，很难准确理解其中奥妙。比如这个“本”字，怎么就知道代表大学本科学历呢？

弄清之后我的心情不免有些复杂。一方面深感中国语言文字之奇妙，三个字代表千军万马，这在人类文字中独有，起码英文就不行。英文简写是靠大写字母，但由于每个字母本身无意义，所以这种简写需要重新界定，以免重义。西方文字靠的是逻辑，而逻辑并不能解决所有想要表达的问题。另一方面我亦感到，市场对效益的追求使丰富的中国文字正走向标签化。征婚本多情之事，“君家居何处，妾住在横塘，停船且借问，或许是同乡。”当年怀春女子，连调情都五言四句，而“京本丧”“离无累”则体现着物质交换的明码实价，中国文字的浪漫风情正被金钱挤得无地自容。

有趣的是，当我将这些看法与老同学分享，他们很不以为然。说：“你不觉得‘京本丧’‘离无累’既合辙又押韵，颇具《三字经》神采吗？不必担心浪漫呀多情呀，浪漫大多是世俗的，没有世俗就没有浪漫，这才是文明进化的动力所在。”

酒杯里的男女关系

每次回国印象最深的，就是一切都变化得太快。平时常说物是人非，这里是人非物也非。就说喝酒吧，去年回来喝的还是白酒，烈性酒，这次回来却没人喝了。我正酝酿情绪准备大干一场，上次他们几个用阴谋将我灌倒，这次非报一醉之仇，咱就男对男，别跟女人拼酒，否则毫无可比性，不算真本事。

当我跃跃欲试时，发现端上来的竟全是红酒。我说这怎么回事，白的呢，谁怕谁呀，茅台、五粮液呢？人家将我扶回座位，九兄，九兄，少安毋躁，我们现在都有“三高”，医生不让喝白的了。三高？就是血压高、血脂高、血糖高，医生说再喝白酒小命儿就没了。骗人，少来这套，去年你们灌我的时候怎么不“三高”呀？去年是去年今年是今年，计划赶不上变化。没办法，最后只好按他们的规矩喝红酒。

酒终归是酒，几杯下肚话就多了起来。与以往不同的是，空谈国事的少了，聊养生的多了。过去都说北京人爱聊政治，比如外地人在北京问路，王府井怎么走？北京人告诉他，往前直走就到了。好好，谢谢。等一下，北京人还得拦住人家问，您打哪来？俺打山东来。山东呀，山东人民生活得还好吧？现在不同了，人们更理性更现实，跟他们聊天，虽然也在酒后，但觉得不那么浮躁了。大家更关心自己的生活，像我这些老友，聊起养生一套一套的，比如芹菜是降血脂的，南瓜是降血糖的，还有什么协助竞走之类的。我问什么是协助竞走？人家说就是撑一对儿好像滑雪用的撑竿儿走路，说这样可以减轻腿部压力保护膝盖，因为人到中年骨头开始变脆，需要保护。搞得我连嘴都插不上，像个白痴。

我借着三分酒意问，你们还那么胡疯乱造吗？你指的是女人？人家丝毫都不回避。对对，刘立不是正为上次那个女孩儿闹离婚吗，怎么样了？刘立，离婚？那家伙猴精猴精的，能离婚？九兄呀，你太落伍了，都什么年头了，谁还闹离婚呀，中国男人的这一页翻过去了，玩儿归玩儿闹归闹，打死不离婚。你想想，一辈子赚下的家业，凭啥为个小女子糟蹋了，女人还不都一样，值得吗？

那如果人家真爱上你呢？我问。

快拉到吧，她怎么不去爱捡垃圾的呀？只有老夫老妻才是最可信的，是经过考验的，也是老了最靠得住的，这是男人们经过多年惨痛教训得出的结论。老妻似母呀，只有跟你一起养过孩子经历过坎坷的结发妻子，才能像母亲一样包容你疼爱你。这些话就是当着谁的面也敢说，花几个钱可以，离婚不行，这是底线，没有这个共识就赶紧打住，千万别瞎耽误工夫。

我一下傻了，半天没缓过神儿，过了许久才感触良深地冒出一句：终于跨过去了。什么，九兄你说什么？我是说，你们跨过去了。跨过什么了？女人对男人来说是一条河，很多男人沉在里面，而你们跨过去了。对对，跨过去了，我们绝对是跨过女人河的男人，来来，为跨过女人河干一杯。

酒净杯空。朦胧中，我突然觉得他们好可怕，好遥远。

搂抱式服务算不算色情？

《纽约都市报》曾刊出这样一则消息：“搂着我睡觉，一小时六十美金。”消息说，花龄女子杰茜赛木尔“穷则思变”突发奇想，说卖淫犯法咱不干，但搂搂抱抱没犯法吧？那我就提供搂抱服务，相拥而眠，不许干那事，一小时六十美金。这个杰茜还有一套理论，她说她不光为钱，更为维护人类渴望相拥的权利。人类一生下来就抱母亲，长大后抱枕头，再大了抱活人，拥抱的渴望跟性是两码事，属另一类，所以她这样做不仅不下流，还充满温情。

嘿，你瞧人家这词儿用的。怪不得美国人天天打仗杀人，还天天人道主义可劲儿喊，人家有说道，什么事都得有说道，咱吃亏就吃亏在这方面。

杰茜还出示了几张示范照片，照片中，她身着睡裙，与一男子相拥而眠。她特别强调，不许面对面，只能脸对背，她的脸对他的背，或相反。据说美国有群体相拥而眠的俱乐部，需要申请执照，而她只做一对一，连执照都可省去。

除一小时六十美金的服务外，还有半小时四十美金，一个半小时九十美金两档，客户可自行选择。原本睡觉应关门，但出于安全考虑，因为是一对一，屋里并无他人，所以睡房的门要打开。当记者问，睡着睡着人家起性了咋办？杰茜的回答是妙而又妙，她说起性是好事，只要不干，她不介意，也不会让对方感到尴尬的。

这话让人琢磨不透，不介意，不尴尬，什么意思？人到那份上，完全丧失理性，管你介不介意，老子就要尴尬，我是尴尬我怕谁呀，抱也抱了睡也睡了，出事能赖我吗？挨这么近，谁知是不是两情相悦，法律上怎么量刑呀？

纽约无奇不有，是个丰富得有些过火的城市。比如杰茜这项服务，恐怕又是一幕闹剧而已。如果人性能像数码相机一样精准，一就是一，二就是二，拥抱就是拥抱，那世界真就可怕了。我想起一部叫《未来世界》的电影，用机器人代替真人，如果杰茜真像她所说的那样，收放自如，没准她就是机器人。我想有一天，像电脑病毒一样，机器人会悄然走到我们中间，跟我们调情，骗我们的钱，那可怎么办啊？

催人老的不是岁月，是女人

和战友们出去吃饭，有男有女。女的就是原先我们团那些女兵，有电话员、卫生员，有一个算一个，当年都如花似玉，花容月貌。有个女兵带着她大学毕业的女儿来参加聚会。我看着她女儿说："哟，闺女，你可没法儿跟你妈比，你妈当年像个玉人儿，皮肤吹弹可破，比你美多了。"结果人家闺女气得一扭头儿走了，不理我了。你说我夸她妈她嫉妒个啥，这孩子，不懂事。

酒这东西很奇妙，它让人重归本性，不装腔作势。有个当老板的家伙酒量欠佳，酒过三巡，率先无好言。他用手一指女兵们，说："美吧，当年在玉田县城一走，满大街鸦雀无声，连狗都愣了。这是人吗？应该是仙女儿下凡吧！"我们立即附和，对对对，仙女下凡。身旁那些女兵脸唰地红了起来，做得意状。接着这位老总就口无遮拦了，说："再看现在，还有人样儿吗？"此言一出，女兵们哇地大叫："你放屁！你当时是怎么给张玉美写纸条儿的？我们怎么没人样儿了？告你说，走马路上照样有回头率。""谁回头儿？"这位老总看来真喝多了，叫起板来。

不知道为什么，总觉得国内女人仿佛雨后春笋，不是长起来的，是喷出来的。一茬儿还没美完，下一茬儿唰地顶上来，且一茬儿比一茬儿洒脱，一茬儿比一茬儿能干。刚才说的那个生我气的闺女，过一会儿就好了，给我们大家发名片，说她开了家广告公司，希望长辈们捧场，给她介绍生意。还跟我说："陈叔，好好好，就算我没我妈漂亮行了吧！你在美国给我们弄点儿广告创意怎么样？""啥叫广告创意？""嗨，说了您也不明白。这样吧，您就每天给我录十分钟广告，什么广告都行，刻个光盘寄给我，这回明白了吧？"我望着她挺俊的小脸儿感慨万千，不一样，真跟她妈妈完全不一样，比她妈妈成熟多了。

世界不仅是男人的，更是女人的，尤其是这些年轻女人的。回到国内，到处可见清水丽人般的女孩子们自信干练的身影。当年出国前依稀有印象的婴儿，现在早已长成亭亭玉立在江湖中大刀阔斧干事业的女人。她们没有孩子气，更不像我们年轻时，很容易被感情牵着鼻子走。还以那个闺女为例，聊起正交往的男友，她一甩长发，说这不算正式的，有合适的再换。你说我们当年怎么就没想到，这种事儿还有正式、非正式的区别，早知如此，当初怎么也得和几个非正式的多试试啊。

老了，这才知道什么叫老。

没有头汤面的日子，寂寞、干瘪

我坦白一下，我思念最多的人不是女人，是男人。男人，谁啊？陆文夫，中国当代已故著名作家，也是获奖作品《美食家》的作者。我对他的怀念正因为这部小说。《美食家》1983 年发表在《收获》上时，我恰从上海毕业实习返京，马上就爱不释手。

这里有个缘由。

我在上海的大半年，除了玩就是吃。当时我们一班学生住在平凉路上浦江饭店的半地下室，大房间上下铺。一起床我就往外跑，四川北路信谊药厂斜对面有个“燕记”西菜社，名副其实的物美价廉，早上面包红茶加火腿煎蛋，两毛钱。中午一客炸猪排、一份红菜汤、二两面包，九毛五分钱。晚饭我得吃中餐，哪儿吃？南京东路上的扬州饭店，又是物美价廉，一份龙井虾仁四毛钱，河虾，必须河虾，用海虾那叫糊弄人。半年里上海馆子吃不少，西餐的“德大”“红房子”，淮扬菜的“新亚酒楼”，粤菜的“梅龙镇”，甚至为吃四月上市的鲥鱼，愣坐一夜车跑到扬州的“富春茶社”，就在冶春园隔壁，小盘古东侧。

可吃来吃去都有够，让我天天顿顿吃，非吐不可。唯有三样儿吃不腻，流连忘返，随时想起随时饿。一是黄浦公园茶楼的“魁星茶”，二是四川北路一家鸡粥店的三黄鸡加花雕酒。最让我疯狂的当属镇宁路上一家面馆儿，离延安西路不远，门脸儿不大，它的头汤阳春面，一毛三一碗，所有感叹词都修饰不了我心中的欢悦，没错，我是怀着欢悦的心情去吃面的，像初恋一样。为见初恋一面，我能在严寒中苦熬三个小时。可为吃这碗面，如果需要，我宁愿等三小时甚至更长。

看上去平常一碗清汤面，面条很细，丝丝如画像生的一样，可吃到嘴里柔韧适中恰到好处，关键是“恰”，美妙都在这个恰字上。还有汤水，清澈见底却味道极鲜，口感顷刻浸透全身，仿佛有人为你红袖添香，让你欲罢不能，吃不是，不吃也不是，含在嘴里怕它化了，怕它消失，就像读好文字，怕它结束。

起初我以为这只是个人体会，是我神经不大正常的产物。一碗面至于吗？可读完陆文夫的《美食家》我才明白，原来陆老师与我有一般感受，在头汤面的问题上我与他息息相通。他创造了朱自冶这个孜孜追求头汤面的角色，毫无疑问，他的一部分就是朱自冶。这下我兴奋呀，想到镇宁路上那家面馆便想到朱自冶，想到陆文夫，我坚信我们都属于“头汤面”派，美食不过头汤面，上海苏州式。

纽约三十年，想念陆文夫，可想来想去不免遗憾。陆老师生前是来过纽约的，那是 1986 年参加国际笔会年会。我相信他并不喜欢纽约。为啥？他在年会上的发言不过几百字，最后一句居然说：“请原谅，我就讲这么一点儿，印不满一页。”你看看，明显有情绪，不爱搭理纽约，连“印不满一页”都刻意强调出来，看来气得不轻。

可为何陆老师不喜欢纽约呢？说到底吧，只有我明白他的心思，就因为纽约没有头汤面。纽约中餐万万千，啥式样都有，连西藏的都有，就没上海阳春面。打着上海苏州旗号的餐厅比比皆是，小笼包、腌笃鲜、熏鱼烤麸、丝瓜面筋，绝无一家会做头汤面。其实，他们菜单上也有面，咸菜肉丝面、海鲜汤面，我跟你说，没法吃，完全不沾边儿。那个面条糟嗒嗒，一点不清爽，肉了吧唧还黏牙，口感非常差。汤水也糊涂涂，搞不清啥个味道，雪菜嘛嚼也嚼不动，咸得要死。这种面条好卖的啦？

陆老师回苏州了，把九哥留在这里。没有头汤面的日子好不寂寞。

好色而不淫，离人性最近的地方

过去理解好色不淫，重点放在好色上。好色总归不好，再不淫你也好色，所以否定大于肯定。现在看来，这么理解有误。孔子曰："吾未见好德如好色者也。"《孟子》中也说："食色，性也。"还有人说："好色而不淫。"这三句话用现在的话来解释就是：很少见有人喜欢道德，像喜欢美色一样积极主动。不过美食美色源自本性，只要不过分就行。

为何如此解释？

我以为，孔子把德与色相提并论绝非偶然。色是离人性最近的地方，也是最难把握之处。德是规范行为的准则，如果在最难把握之处把握好了，怎能不算好德行呢？所以说"好色而不淫"。连标准都给了出来。

那何谓不淫呢？一般的解释是适度。这么说并不错，不过分，不放纵，是这么个意思。但仅仅不放纵就算德吗？历史上的贤人雅士似乎都放纵过，杜牧的“赢得青楼薄幸名”，蒋捷的“红烛昏罗帐”。不放纵吗？如果非把他们归入无德之辈，似乎很难讲得通。历史经验和生活实践的启示是，除了不过分之外，还得不下流，这才是对好色不淫的最佳诠释。不过分容易，不下流很难，因为不下流的文化内涵太丰富，我以为，起码包含如下因素：

首先是不虚伪，要敢于欣赏。虚伪假装才是最大的无德之一。遇到美女美色，明明心动却装聋作哑，这种人乃无德之人。世上就两种人，男人和女人。彼此不欣赏还有什么意思，男人不敢表示对女人的欣赏是心理变态，不配当男人。

其次是珍惜尊重，要怀着真诚的心去欣赏美色。不是糟蹋，不是把女人当物品去占有，而是将美色当艺术品去欣赏呵护。有机会当然好，没有也别强求，两情相悦才是最佳境界。切忌死缠烂打，鱼死网破。男女之间的感情必须美才行，不美你图什么呢？

最后这条比较难，情调。就是把对美色的欣赏升华到艺术高度，让美好情感产生出美好的艺术品，这才是欣赏美色的最高境界。上面说的杜牧，蒋捷还有莫扎特、毕加索，都是这方面的杰出代表。艺术是人类最值得骄傲的东西，因为人类是有美好情感的，其中一大部分来自对异性的欣赏。这种情调是大德，为什么是大德？大德属于全人类，流传千古，大就大在这里。

孔子是两千多年前的人，他那时就指出了人类喜欢美色是本性，已经算很前卫了。我相信孔子是个性情中人。“好色不淫”不仅讲清了德色的辩证关系，也点破了生活的真谛是性情，而非尔虞我诈，更不是物质至上。离开真性情，我们这个世界就失去了存在的价值。

女人的“诱惑”，男人的成长

回国遇到中学同学，免不了提起当年那些好玩儿的事。你追她她追你，下乡割麦子时，谁趁机摸谁的手。大家笑红了脸，把天边的云彩都染红了。现在想起来，我们这帮男人还不是在女人的“诱惑”下长大的，就像亚当是在夏娃的诱惑下长大的一样。男人成熟晚，女人当下懂的男人多半后知后觉。天天看着她们女大十八变，嗖地一下这儿鼓起来了，嗖地一下那儿翘起来了，看得我们忽忽悠悠，忽忽悠悠地长大了。

初三时，班里有个姓武的女生，人高马大，比我们高一头，要啥有啥，跟我们不像同龄人。我们不敢跟她说话，觉得自己太渺小。她跟老师关系好，总是替老师管我们，所以我们叫她“二老师”“二姐”，甚至还有叫“二婶儿”的。你听这称呼就能感受到发育上的差距。某天课上到半截儿，她突然起身往外跑，手里攥一叠长方形手纸。下课后我们几个傻小子凑一起郑重讨论，为什么她的手纸跟我们的不同。我们用正方形草纸，她却用长方形的，而且还是白色的，凭什么？最后结论是她能用咱也能用，对，咱现在就去买长方形的。售货员顺手拿出正方形的。“不，我们要长的。”“长的？长的也是你用的？”“凭什么我们不能用？”“回家问你妈去！”售货员哈哈大笑，把我们轰出来。

后来我们终于弄清为何自己不该用长的，也明白了长与方的差别有其深刻的原因。当然，功夫不负有心人，我们还研究出长与方的依存关系，彻底开启了对男女性别认知的崭新领域。从此再看女生感觉不同了，再看“二婶儿”眼光也不同了。“二婶儿”看我们的表情也不同了，再也不当众亮出“长形武器”了。历史地看，“二婶儿”亮出“她的武器”为的就是给我们这群傻小子上一课，没收学费就不错了。

如果说“二婶儿”的“诱惑”属技术层面，王大凤的“诱惑”则是情感上的。这个王大凤原先是个小柴火妞儿，没觉出她是女的。跟她打球，磕磕碰碰毫无感觉。可一个暑假回来不对了，她嗖地直线变曲线了，而且打扮也不同了，头发又黑又长，原来的小辫子变成大辫子，还遮住了耳朵。遮耳朵与不遮耳朵的性质不同，遮耳朵叫云鬓，不遮叫傻妞儿。外表的变化还不算，王大凤的表情也变了，见到我们不跟我们说话，反而头一低脸一红，眉宇间一股那个劲儿，现在才知道那叫柔情，蜜糖般地把我们哥儿几个腌起来。我们开始吃不好睡不着，在路口等她劫她，为她打架开瓢儿见血，为她骑自行车跑遍四九城买编头绳儿用的玻璃丝。有些男生之间为了争她，到现在还谁也不理谁。至今我们都不知道谁第一个吻了她。

我们在“诱惑”下渐渐长大。就那几年，王大凤之流把我们的肩膀“诱惑”宽了，个子“诱惑”高了，把我们的胸肌腹肌“诱惑”得坚挺起来，胡子也被“诱惑”出来，有的甚至是络腮的，可好看了，一副仪表堂堂的模样。

虽然男人被“诱惑”了，可我们丝毫不怪女人。今天，当我们远离“诱惑”，安全多了，却也可怜得不禁轻声叹息：夏娃老去，亚当孤寂。

胸大的茁壮、胸小的跌宕，各有各的美

写此题目并非无聊，是希望人们了解，世界是多样的，不是美国人喜欢啥世界上的所有人就喜欢啥，不是所有人都喜欢LV。在真实世界里，人们在按自己的文化习惯生活着，只有自己的才是独特的，只有独特的才是主动的，不必呼哧带喘地跟在别人后面跑，而且永远也追不上。

据报道，当美国女人仍热衷于乳房增大术的时候，在大西洋另一端，英国女人则兴起乳房缩小术。英国不列颠整容协会有调查表明，目前英国每两例乳房增大术发生时，就有一例乳房缩小术发生。同时，美国整容协会也公布了一项类似的报告，在纽约，实施乳房缩小术的案例仅为实施增大术的十二分之一。报道还说，越来越多的英国女性，开始相信

过大的乳房破坏了女性整体的曲线美，而且缺少个性，是贫穷和职场失败者的标志，显示了当事人的智商与品位的不足。

尽管英国的报道并未言明，那些实行缩小术者是将本身自然乳房的尺寸缩小，还是将曾经人工增大的乳房缩回原来尺寸，但从通篇报道的文字上分析，后者似乎更合逻辑，即取出早先植入的假乳，使乳房回归自然。由此不难看出，行为的改变反映了现实生活中人们观念的进化，矫揉造作的装饰之风正在被逐渐抛弃，取而代之的是对自然本性的再次推崇。

其实这种自然回归仅是大潮流的一部分。随着人类生存活动与自然界的矛盾关系日趋严峻，人们越来越意识到尊重自然规律的重要性，地球不属于我们，而我们则属于地球。对自然界的重新认识必然会影响到审美观，从而对人类行为方式发生作用，从衣食住行上的骑车代步、吃有机食品，到对性特征的再定位。

不仅如此，从社会层面看，女性对自身美丽的评价正由以男性的好恶为主，逐步转移到以自身好恶为主的轨道上来。女性在各种社会活动中越来越特立独行，她们像男性一样建功立业，做同样的工作，拿同样的薪水，受同样的尊重。实际上，在很多领域中，她们做得甚至比男性还好。因此在自我欣赏方面，完全可以摆脱对男性的依赖，进而凸显自身个性。乳房是我的，或大或小我说了算。

即使抛开这些因素，仅从实用性角度而言，乳房大有大的好，小有小的妙，谁也无法独领风骚。这种事都是如人饮水冷暖自知，千万别被表面的“虚荣”迷惑。还是那句话，世界是丰富多样各有千秋的。每个个体都是独特的具体的，每个人都应有自己的美法儿。坚信这点，你就能获得自尊，展现出由里到外的个人的风采，成为真正的“这一个”。

怀揣着七千块钱，漫步北京街头

每次回北京的一项任务就是与战友相聚。那天我给刘刚打电话，想请战友们洗浴按摩吃饭，让他把老兰、小施等一干人马都叫上，痛快痛快。大家约好三点半见面，某某某洗浴中心，西四环。

那天很凉，秋风刺骨。我们步入金碧辉煌的大厅时，一股暖气扑来，真是暖风熏得游人醉，直把厦门当台湾。大家换好衣服，一行人往定好的包间走，想先喝口茶喘喘气，再好好泡泡。刘刚好奇地问："九兄，带多少钱呢？"我如实禀报："七千块。""什么？"刘刚一愣："七千你就敢把我们往这儿领？幸亏我问问，要不然非现眼不可。"

他马上喊："老兰，老兰，老兰，九兄才带七千，愣把这么多人带这儿来了，你说他是不是在美国待傻了。”老兰是真人不露相。他哈哈一笑说：“没事，实话告诉你吧，压根儿没想让九兄花钱，我在这儿有账户，早让他们记我账上了，咱得让假洋鬼子开开眼，体会体会伟大祖国的繁荣昌盛不是。”

我臊得哟，脸红得哟，无地自容。刘刚反过来安慰我：“九兄你吧，你们美国回来的全一样，死工资，上有老下有小，都不容易。以后回来低调一点，别动不动就开牙，请这个请那个，战友这儿用不着你花钱，再说国内的事你也不明戏，哪脚蹚大了你也兜不住，你呀，就一老外，我们一般不带老外玩儿，穷酸又装怂，我没说你呀，咱是换命兄弟，两回事。我跟你这么说吧，就今天这帮人，就今天这架势，俩七千打不住。”什么？我吓一跳，连鸡鸡都缩回肚子里。

出国二十多年，我的工资当然越来越高，又买房子又买地，养家糊口自得其乐，挺平衡的。但只要回国，根本无法跟人家挣钱的速度比。有些朋友竞相把孩子送进美国私立学校，搞投资移民，在美国置产，这绝非一般财力所能支撑。跟他们比，我们可不是越来越没戏嘛。我只是不明白，既然如此为何不好好过自己的舒坦日子，享受伟大祖国的繁荣昌盛，非要往外跑呢？

漫步北京街头，怀揣着七千块钱，我心底竟涌出走在赌城拉斯维加斯街头的感觉，浮云游走，朝秦暮楚，流光溢彩，悲喜交加，男人的放浪，女人的轻佻，喷薄欲动的热望，对酒当歌的颓废，一切在动荡中奔涌起伏，像百老汇的舞台剧一样充满戏剧性，既有亢奋，更有绝望。这里不相信眼泪，也不需要同情，这里属于那些敢赌的人，下注吧，否则滚开！我们不是赌徒，更不是庄家，所以没戏，hold不住，没人拿我们真当回事儿。

出于好奇，临别时我问老兰："真俩七千都不止？"他神秘一笑："你呀，我要是你就不问，对了，九兄你哪年出的国？""八六年。""挺好，你就停在八六年吧，这是你的福气。""讽刺我？""不，认真的，我认真的。"老兰诚恳地望着我说。

05

这个世界有时候很迷人

有时候也很无奈

无论此刻已经历什么

都请你在这个万种风情的世界里

热气腾腾地活着

会玩，是一种本事

上次回国到天津串亲戚，老朋友光海一见我就说：“走，跟我去逛逛天津的花鸟鱼虫市场，让你开开眼。”我没太走心，因为对此一窍不通，他那么一说我这么一听就过去了。两天后的清晨，六七点钟的样子，按我的作息这仍属后半夜时段，光海砰砰砰地敲我的门，把我从梦中唤醒。“起来，起来，跟我走。”我无力反抗，回国几个月都习惯了，人家找你就这样，没电话，不约好，说来就来，热情和真诚容不得你说个“不”字。我突然想到美国的生活习惯，什么隐私啊，先打个电话呀，其实都是因为心没到位所致。生活中，如果经常有人敲你的门，找你缠你，不是挺温暖的吗。

光海开车带我穿过清早天津的街道，很多景象都是我熟悉的。卖煎饼果子的摊位、提草篮的妇女、流水般的自行车，把我拽进回忆。“还是这个样子。”我不禁感慨。光海点点头说：“天津啊，再过五百年也变不了，这是天津人的缺点，也是优点。你要想找老祖宗的玩意儿，全中国转遍了没找着，天津一定有。”“天津一定有。”我不经意间品尝到了这句话的含义。车子沿海河边的张自忠路一直向北，转来转去又穿过一个很大的门洞，光海开始找停车位。我这才注意到马路两旁一辆辆地排满了车，人们像赶庙会一样向前流动。“到了吗？”我问道。“起码还得一里地。”光海故意把“一里地”说得特重，而且是普通话，透着严肃庄重。

马路两旁的人流把我们带向光海所说的花鸟鱼虫市场。这里是个大场子，有几个篮球场大。里面有铁皮钢筋焊接起来的一排排固定摊位，上面有棚子，既防雨又防晒。我止住脚步，心中暗自惊讶，怎么会有这么多人。这么这么多人，在一个我从未留意过的花鸟鱼虫主题上集结。光海一把拉住我说：“跟着我别走丢了。这地方走丢了，哥哥可没地儿找你。”我诚惶诚恐跟着他，摩肩接踵地走进场子。

进来才发现，这里是以花鸟鱼虫为主，兼有别样。卖光盘的、卖跌打损伤成药的、卖吃喝的、卖古玩的，嘛（什么）都有。光海拉住我在一个很像卖粮食的摊位前停下来。“知道这是卖嘛吗？”“小米儿？”“再看看。”“小米儿，没错。”我故意用天津话回答。

没等光海说话，卖东西的小伙子先搭茬儿了。他冲光海一笑：“大哥来了。”原来他们认识！“大哥，今儿怎么带来个棒槌。”他这句话我听懂了，天津人管“傻帽儿”叫“棒槌”，他的意思是说我是傻帽儿。光海哈哈大笑说：“这是我弟弟，刚从美国回来，在美国待傻了，你给他上一课。”小伙子一听不好意思起来，脸上挂满歉意。原来他卖的是一种混合鸟食，里面有小米儿，但不是粮食店卖的生小米儿，而是焙制过的半熟小米儿。除了小米之外还有荞麦籽儿、草籽儿，还有好多东西，我都记不住。最后一个我记住了，是抗生素。他指着一个小口袋说，这堆儿是专门治病的，里面有先锋霉素。他还说了这种食料可以喂什么鸟，什么画眉啊，黄眼儿啊，从没听说过这么多的鸟名字。

我不禁感到失落。按说天津是我熟悉的城市，可我却从未听说过有这么大的花鸟鱼虫市场，更不知这里竟翻涌着一个巨大的世界。我开始被动起来，紧紧跟在光海的后面徘徊。

而他呢，看上去甚是潇洒自如，带着我就像带个孩子。

在一个好像是卖菜的摊位前他停住问我：“看看这是嘛？”地上摆着一捆捆像野菜一样的植物，绿绿的杆儿和叶子，拖着个细长的根茎。这回我不敢胡说了，忙说：“不知道。”“再看看。”“是荠菜？可要是荠菜也太老了。”光海说：“像荠菜可不是荠菜。”他接着问：“你说他卖的是杆儿呢还是根儿？”我看看杆儿比根儿长很多，就说：“卖的是杆儿。”“不对，是根儿，因为根儿里有东西。”“有东西，什么东西？”说话间光海拿起一枝像荠菜的草，在根部一个微微凸起的地方一掰，一个雪白的小肉虫子掉出来，在地上扭来扭去。我惊叹道：“还是活的！”“对。这是一种专门寄生在这种草根上的寄生虫，喂鸟最好。要想让鸟的毛发亮，就得喂这种虫儿。”“每个根都有虫子吗？”我话音未落，卖东西的老太太喊起来：“您说嘛？要有一根儿没虫儿介（这）都归你。”“真的？”我挑来挑去，挑出一个根部较细没有任何凸凹的给她，问道：“这个有吗？”老太太二话不说上去啪地一掰，一个虫子掉出来。

“哎呀，真有！”我顿时如坠五里云雾。小米儿不是小米儿，荠菜不是荠菜，草根里竟然有虫子，我的好奇心由此被生动地点燃。我在一个卖鸟笼的摊位前停住脚问道：“多少钱呀？”看摊儿的中年汉子瞅瞅我没吭声。我正疑惑，光海回头对我说：“你倒说说这只笼子值多少钱？”我想起美国的沃尔玛连锁店里卖的鸟笼子，大约是三四十美元一个，折合成人民币也就是三百元左右。“四百块？”我试探着。光海和卖笼子的汉子都笑起来：“嘛玩儿？四百，您再加个零。”“四千？这么个竹笼子要四千？”

光海望着惊讶的我，举起眼前的鸟笼子端详了一下说：“你看看，这个笼子的每根料都是一根竹子，中间没节儿。”我看了看说：“对，说的没错。”光海又说：“你提提这个笼子，再提提那个小的。”我按他说的做，发现大的反比小的轻。“这就对了，知道为嘛吗？重的用的是新竹子，处理得不好，水分大，所以重。那种笼子经过一个夏天就完了，根本用不住。而这个轻的用的是旧竹子，甚至可能是百年的旧竹。这种竹子永远不会变形，而且光滑凝重古香古色。再看上面的铜活，那个是用机器压的，这个是手工雕的，完全不一回事。”“那这算最贵的吗？”光海笑笑，说：“差得远呐，上万甚至更贵的笼子也有。要赶上个宫廷物件儿，说不好值多少钱。”

再往下走就到了纯粹卖鸟的地方。各式各样的鸟，大的小的红的黄的，让人目不暇接。当我感叹这些鸟的美丽颜色时，光海不以为然地摇摇头：“人的头发可以染，鸟毛一样可以染。而且鸟毛长得慢，一时半会儿你还看不出来。”“你是说这里有些鸟的颜色是染的？”“太是染的了！”光海又说普通话了，那个“太”字拉得很长，他的嘴都停了可声音还在响。他指着一只鸟悄声说：“这种鸟叫‘红脯’，可惜是个假的，红得邪性。而且我还告诉你，越贵的鸟越可能是假的。”我看着这只鸟，死活看不出是染的。“我实在不明白鸟儿怎么可以染色，你染的时候它不挣扎吗？”“不挣扎，先下点安眠药让它睡了，醒了就染好了。”“那它不会一觉醒不过来吗？”“不会。这事儿你干不了，我也干不了，但有人就能干。”光海非常确定地说。

我突然觉得人类驯养了那么多种动物，牛马猪羊还有狗，最初真是为了要使用它们吗？不，不对。人类祖先一定是首先发现他们可以和那些动物交流，发现他们与动物之间有相通之处，然后才驯养它们。情感才真正是文明进化的源泉。

光海猛地回过头，梦中惊醒似的到处找我。我站在他身后不远处的一块空地上，初夏的斜阳像女人的指尖一般，从我身上掠过，让人有陷溺之感。我觉得我正在一个齐腰深的巨大无边的水池里浸泡，水温刚好，水光妩媚，水的浮力托举着我牵引着我，把我带向一个久别的远方。我走到光海身边，看他点烟抽烟，又点烟又抽烟。烟从他的嘴吸入，却好像盘旋在我的心里，一点儿都不呛。

“你看，鱼还没看呢，下次带你好好看看鱼。”

“好。下次你别那么早砸我门了。”

光海笑笑。“假洋鬼子！”没想到他突然冒出这么一句，这小子。

有些事经不起琢磨，越琢磨越有趣

立春，京津一带有吃青萝卜的老话儿，俗称咬春。就这个“咬”字，越想越令人感动，在私下很多纯真的场合，“咬”就是“亲”，亲吻的“亲”，拼命亲就是咬，把爱的渴望变成一种疼痛，爱得都痛了，那才是极致的爱。咬春，渴望春天都到顶了，亲都不够，非把你咬出来，春天还能不来吗？要我早出来了。

也就在咬春前两天，我敬重的白舒荣老师邀我和几个朋友，到京味儿餐馆惠丰堂相聚。当时并没说咬春的事，谁也没提，但晌午的晌晴薄日和隐隐暖意，却让人感到初春的萌动，甚至下出租车时我因此而轻浮起来，司机说找不开，我答曰：“别找了。”司机说那不行，我说那么好的天儿，怎么都行。

没想到饭局伊始，一飞冲天，让人喜出望外。我是初客，除作家张执任夫妇是老朋友外，其他均首次相见。白老师把他们一一介绍，有作家有主编，有教授有官员，其中两个当过兵，一个愣还是我铁道兵战友，虽说当年在部队不认识，铁道兵情谊管你认不认识，我们的命运血乳交融，天下老铁是一家，统计数字显示，和平年代铁道兵的牺牲最多，超过所有作战部队，你说，活下来的能不是兄弟吗？

这么一来我有点儿绷不住，本来按社交路子走，初次见面理应谨慎，显得像那么回事，别让人家轻瞧了。正赶上人家给我斟酒，刚想说不会喝，“不行不行多了多了”，不都这路子吗？面对眼前一见如故的老友亲朋，不会喝仨字真说不出口，人生得意须尽欢，你个小文人，李白的话都敢不听，拉出去毙了。

事情至此还没完，都说福无双至祸不单行，今天却逆天了，好事成双凑一个喜字。席间有位从天津赶来的刘律师，多才多艺且擅长相声，浑身满载浓郁的幽默感。偏巧我也喜相声，两好合一好，把我最后一道矜持防线彻底击溃。我在两种情况下爱说天津话，一是做梦，再就撒酒疯，于是我俩上句接下句，双眼并举，把饭局改堂会了。不知你发现没有，相声里的天津话有音乐般的美感。

与此同时局面盛开，时光花朵般绽放。所有作家编辑教授官员同志们，都情不自禁投入到情感的汇集中。“青青子衿，悠悠我心”“采菊东篱”“大江歌罢”。我听出来了，文人说“采菊东篱”不能当真，抹干眼泪又是条好汉，“大江歌罢”才看两脚泥，谁怕谁呀。这种氛围令我动容，久违了老天爷，真是凤还巢龙归海，闹半天我一直就是条躺在旱地的鱼，熬到今天实属不易。说撒哈拉沙漠有种鱼，能在沙漠里等待雨水，一等就几十年。我说：“哥儿几个，为撒哈拉的鱼干一个，走着。”

有个细节差点儿忘说。刘律师打天津来时带了几个卫青萝卜。什么叫卫青萝卜？此乃萝卜中之极品，连皮带芯儿一码绿，沙啦啦脆甜。我估摸他是想让我们咬咬青，咬出个春天么，天津人讲这个，中华文化的老传统老习俗哪都能忘，唯独天津忘不了。可大伙儿聊得太尽兴，一激动把这茬儿给忘了。刘律师不好意思提，只得劳驾餐馆大厨帮忙给切成条儿，让各位品尝品尝。好么，谁想到这位仁兄理解有误，满拧，以为拌面呢，愣把好好的萝卜切成一大堆能穿针引线的细丝。

大伙儿这顿乐，开刘律师玩笑。他干没辙呀，生米熟饭，只能点头认栽嘬牙花子。

今日立春，京津一带有吃青萝卜的习俗，俗称咬春。当我独对斜阳，寂寞远眺时，当我真诚渴望咬出春天时，那堆穿针引线的青萝卜丝竟呼地涌入心头，“丝”亦“思”，让我产生难以克制的冲动，我想把每根细丝头尾相接，连那连那，连到海角天涯，连到所有干渴的鱼，和期盼春天的人们身边。这个冬天，太久了。

你说，他会不会串通厨师故意切成丝啊？

人活着，总要有点信仰和仪式感

美国犹太裔作家艾立尔赛巴最近出版了他的新书《父亲的乐园》。作者在书中深情地回顾了他的父亲，一位生长在土耳其库德族区域的犹太人。他父亲为寻找美好生活，追宗寻源想尽一切办法离开他的故乡，移居以色列，发誓做一名真正的犹太人。在漫长旅途中，父亲忍受了数不清的非人待遇，含辛茹苦终于到达了梦幻之地，特拉维夫。令他没想到的是，明明他是犹太人，但以色列人却从不把他真正地当作犹太人对待。无论在工作单位还是生活场所，周边人们的言谈举止甚至一个眼神都提醒他：你不是犹太人，你和我们不同。为了走进犹太社会，他忍痛把自己带有土耳其烙印的姓氏改掉，换成纯粹的希伯来式拼写，还去各种图书馆寻找祖先足迹，引经据典向别人解释，他来自于一个重要的犹太群体。

遗憾的是，他的全部努力无法战胜以色列社会坚如磐石的等级体系。以色列移民局歧视任何来自欧美之外的犹太移民，而在这些受歧视的犹太人中，库德族犹太人又是其中之最，他们被垫在等级的最底层。他带有土耳其口音的希伯来语，还有他无法改变的中亚式粗糙胡须，都将他的社会地位固定化。他的聪明才智和全部努力都因他的身世而黯然失色。最后无奈，他只得离开以色列这块伤心之地，远赴他乡，重新开辟自己的生活。

作家艾立尔赛巴为了写这本书，专门到土耳其库德族区——他父亲的童年乐园居住了一段时间。在那里，他深深感到根的力量，还有他父亲一生承载的内心痛苦究竟有多大多深。他父亲最终回到故乡，再不离开。作家也把这本书献给他亲爱的父亲，并取名为《父亲的乐园》。艾立尔赛巴这本书不得不让人联想到 20 世纪 70 年代震惊美国社会的黑人小说《根》。美国著名作家阿历克斯·哈利在该作品里，对美国黑人的故乡非洲大陆进行了深情描述，并以逼真震撼的情节将自己寻根的冲动长河落日般地尽情宣泄，使这部著作成为美国黑人的文化经典，并为零乱虚无的黑人文明找到坚实的定位。值得注意的是，无论是黑人阿历克斯·哈利还是犹太人艾立尔赛巴，他们都非第一代移民，也未曾在祖先的土地上土生土长过。看来寻根不分种族，所有漂泊异乡的人都有寻根的潜意识。不是必须在某地生活过才有种族和故乡的认同需求，只要种族差别存在，对自身源头的寻觅愿望就永不枯竭。

每个人的种族与生俱来不可更改。如果说世间真有命运，最大的命运莫过于种族。英语里有这样的比喻：狗是狗猫是猫，狗猫可以做朋友，但狗成不了猫，猫也成不了狗。即使猫生活在狗群里，甚至猫可以证明猫狗来自同一祖先，但狗还是把猫当作猫。猫越否定自己是猫，狗就越认为猫不是狗，因为狗从来不必用否定自己的种族作为生存手段，猫既然可以轻易否定自己，那它一定不是狗。

否定自身种族文化的心态是异常危险的企图，因为人类尊严的本质内涵首先是对自身的尊重。否定或轻视自身的种族文化，就是否定和轻视自身存在的价值和分量，一个连自己都不尊重的人，是无法找到真正尊严的。这不禁令人想到，在西风东渐吹皱一池春水的今日，有的国人急中生智，试图发掘自家身世来证明有外国血统，也有人干脆通过异族通婚改换门庭，让自己算上半个外国人。当然这不能概而论之，每人的具体情况理应尊重，况且追求个人生活的最优化并不为错。但如果在追求中以否定自身的种族文化为代价，那不仅于事无补，还可能弄巧成拙。

肉体需要思想，思想需要歌唱

开始写诗是在十七岁那年。那时我在北京十渡的太行山里修铁路。那里有挺拔的山峦，密密的树林，蓝得像宝石一样的拒马河水，还有明亮得似乎触手可及的满天星斗。我时常一个人坐在山坡上，望着远处蜿蜒的河水，陷入遐想。夜深人静时，站在我住的帐篷后面，就能断续听到远处传来的河水奔流声，动人极了。多少次，我就静静地站在那儿，聆听深夜的流水声，很久很久。一天晚上，河边西庄在放电影《南江村的妇女》，里面有一首非常好听的插曲。流水的声音伴着歌声飘向我，令我陶醉，让我难忘。那时我就想写一首诗，表达我心中的感受。

真正写第一首诗却是因为一次邂逅。当时我们与山外的联系主要是靠铁路。无论买吃的、用的还是看医生，都要乘一种临时运营的火车。火车很破旧，很像现在电影或者电视剧里出现的旧式火车，木头车厢，一晃到处响。一个初冬的黄昏，在返回驻地的火车上，有一位也是从北京来的女知青坐在我对面。我们不知不觉聊起来，聊北京，聊各自上过的中学，聊彼此都去过的地方，甚至试图寻找我们共同认识的人。我在她前一站下车，下车时她非要送我到车厢门口，握着我的手不肯松开，可我们竟谁也没问彼此的姓名。列车又启动了，当车窗里柔和的灯光缓缓消失在冬日的暮色里，一切又安静下来，我突然感到一阵强烈的失落感，无法释怀。回到宿舍时，同伴们早已入睡。我怎么也睡不着，用手电筒照着，在被窝里写下了第一首诗。没想到，此后一发不可收拾。

一晃三十多年。后来，诗歌伴我度过了难忘的大学时光和忙碌的职场生活。在海外漂泊的日子里，诗歌像个忠实的伴侣一样跟随着我，陪我一起熬过数不清的无眠长夜。有位老朋友到纽约出差，我们久别重逢。他问我，嘿，还写诗吗？我说写啊，为什么不。还写？他那双惊讶的眼睛因为真实而无比生动。说实在的，我仿佛时刻在等待一种灵感，一种来自灵魂深处的想写点什么的感觉。每当这种感觉到来之时，我都会欣喜若狂，激动不已。无论夜深人静还是在匆忙的街头，我都会立刻捕捉它，记录它，用音乐般的韵律留住它。有人说诗是流出来的，我想大概说的就是这种被动的感觉。它不是计划出来的，而是自然流露的。

漂泊异乡，时常感到孤独，这就为诗歌创作提供了滋生的土壤。我认为诗歌是孤独的艺术。有一次我托一个朋友在北京帮我找一本诗集，过了很久以后，他仍旧没有答复我。我问，怎么样了？他说，都什么年头儿了，谁还有空儿读那玩意儿。听他的口气，好像我托他办的是件咸丰年间的事情。然而我依然坚信，诗歌源自于心，心在，诗歌就不会消失。人们每天忙碌，为的不就是更美好的生活，更动人的梦想嘛。有这份心气儿，还怕没诗？

夜雨早已停歇，安静的晨光正透过百叶窗照在我脸上，躲也躲不掉。

酒干杯尽，满地江湖

我曾好酒。不过在美国住得越久，这个爱好就越完蛋，以至回国战友重逢，人家大口大口地饮，我却望酒兴叹，举得起咽不下，心头有刻骨铭心的无力感。有酒不能饮跟有手动挡车不会开一样，感觉简直糟透了。

老战友刘毅破口大骂："奶奶的，好容易等到你回来，回来就装怂是吧？喝不喝吧你说，就一句话，喝不喝？"我望着他认真得有些狰狞的面孔，心中的惭愧油然而生。不怪他，一点儿都不。当年我们都是铁道兵，在太行山里铺路架桥，一个月六块钱津贴费，我俩把钱凑一块儿，去公社小卖铺，先来瓶二锅头，那时65度红星二锅头随处可见。再来几盒鹅肉罐头，我也纳闷儿，当时怎么会有鹅肉罐头，现在都不好找，外加几瓶北冰洋汽水，橘子的，底部带着沉淀，沉淀越多越好，真材实料。卖东西的女孩儿鸭蛋脸儿，两根黑黑的长辫子油光水滑，像茶杯口那么粗。她问：“来亲戚了？”“没有，就想开一顿。”“你俩吃得了这么多？”“吃得了，对了，要不你跟我们一块儿去？”我暗中踢刘毅一脚，当兵的，别再闹个违反三大纪律八项注意。没想到长辫子的姑娘红着脸说：“下次吧，上着班呢。”

哎呀，青春岁月啊，你是不知道，美啊！

当年喝酒从没想过酒量如何，什么你几两我几两，通通歇菜吧，就一句话：一醉方休，不见底儿谁也不能走。我们在群山大川里，俯瞰着奔流的拒马河，仰望着湛蓝湛蓝的天空，举目河山，祖国万里，喝高了就喊，像马驹子一样叫唤，躺在浓厚的草地上撒欢儿打滚儿，哭泣歌唱，欲罢不能。人呐，你得明白咱首先是动物，千万别小看这条，人与人之间的深情厚谊必须在这个层面上才能建立，加上社会的就难免有功利和虚假，慢慢悟去吧你。

喝酒真的是坏事吗？绝对不是。我们中国人有自己的理解。中国人好喝酒好劝酒，有人说这是什么民族劣根性，滚一边去吧。这恰恰说明我们中国人把情看得更重。朋友来了有好酒，豺狼来了有猎枪。我把你当朋友，咱喝一个。酒精能帮着我们把所有世俗伪装剥去，谁也别绷着，甭管你官大官小钱多钱少，咱喝一个，让我们一同走进本性空间，我不光让你喝，我先喝，我不光让你醉，我先醉，这就对了嘛，兄弟相逢只有一醉方休、肝胆相见，岂不快哉！

多激烈的民族，多激情的文明，我打心眼儿里热爱。可我什么时候开始竟不能喝酒了呢？看来文明是传染的，近朱者赤近墨者黑，离开祖国太久，海外漂泊得太久，生活得太小心翼翼，太如履薄冰，酒量没了，再下一步，恐怕连男人都没的当了。

刘毅一声长叹："唉，美国咋把你折腾成这样了？咱不去了，咱回家行吗？来，我干了，你抿一口咋样？"我笑笑，挺胸昂首，杯干酒尽，谁怕谁呀！

如果天堂有形状，那应该是被窝儿的模样

人们爱言天堂。在一个地方住久了免不了腻烦，想换个地方试试，天堂就是人们想象的好地方。地方虽好可去了回不来，那边的车站机场只有进站没有出站。我至今想不通那地方到底有多辽阔，为什么能接纳如此之多的移民。

有没有去了还能回来的天堂？我认为这是值得思考的课题。“课题选得好就成功了一半。”科学界有这样一句名言。我坚信这个课题我是选好了，一旦得出结论肯定震惊诺贝尔奖评委会。于是我在美国寻找答案，很多来此打拼的同胞曾认为这里是天堂。问来问去，有钱的说压力大，没钱的说语言差，都有要进无门欲退无路的乏力感。美国这地方给中国人最大的教训是，让你铭记美国人是美国人，中国人是中国

人。无论你跟他走得多近，吃一锅饭睡一张床，他还是他你还是你，特别在骨子里，这是在美国生活的一条基本原则。

美国找不着那就回国找。这次回国我特意留个心眼儿，看哪里是我梦中的天堂，是我生命的归宿。我朋友带我去浙江海宁，看徐志摩故居。他说："咱在这地方圈个小院儿盖儿间房，你看如何？""冬天有暖气吗？""没有。"我顿时肝儿颤，我这个北方佬最怕冬天没暖气的地方。有一年冬天我去上海出差，晚上睡觉没暖气，盖三床棉被戴着帽子都不行。就那次，吓坏了，说啥不敢冬天去上海。看来也够呛。那就回北京找。可北京礼儿多我怕，车多我怕，东西贵更怕。我总回忆当年骑车的时光，迈开腿上车的动作像跳芭蕾，尤其是女孩儿，要多美有多美。可这次回北京我试着骑共享单车，那些汽车们根本不在乎你，唰地擦着你身边驶过，吓得头发哗就竖起来，对骑车的好感也给破坏了。

这可怎么办？就在我一筹莫展的时刻，一个修水管儿的哥们儿，一语点醒了我。在北京的一天，家里水管儿漏水，物业派来个小伙子，京东唐山人，他边干我们边聊，聊吃聊喝聊男聊女。聊到天堂这个题目，我开始玩儿深沉："啊，天堂是灵魂的归宿，可遇不可求，人类终极命题就是寻找天堂的所在。叔本华呀，尼采呀。”我正侃得来劲儿，只见他停下手中的活儿望着我笑。我说：“你笑什么？”他一口唐山口音说：“没笑啥，奏（就）我来说，啥本华，啥采的，我看他们是想得忒多，想多就乱套，一准儿找不着北啊。照我看吧，被窝儿里搂着媳妇儿睡觉奏是天堂，有人疼有人耐（爱）它奏是天堂，大哥你说是这个理儿不？”

我一愣，呆呆说不出话。这时他干完活儿要走，我拉着他的手说：“再坐一会儿吧，咱俩喝两杯再走。”“那可不中，领导看见了这月奖金就没了。再说楼上那家还等着呢。”说着他咣的一声撞上门，满楼道嗡嗡作响。

你说，天堂也敲钟吗？

一起扛过枪，就会不一样

昨晚饭桌上有人问，为何当过兵的人彼此感情那么深？我顿时语塞，竟说不出一句话，是啊，为什么呢？后边的饭也没吃好，脑子一直思索这个答案。没想到的是，直到现在也没想通，只觉得有股热血顶在嗓子眼儿，两眼热热的，心里好像有很多话，就说不出来。

我自以为是个挺能白话的人，连怎么治妇科病我都敢侃，为何在如此熟悉的命题上却哑口无言？想啊想啊，仍没有答案。算了，想累了，不想了，这样吧，讲一段我们铁道兵的亲身经历，权当答案。

那年我们在太行山打三合庄隧道，那曾是当年全国最长的铁路隧道，三千一百多米，地形复杂石质恶劣，动不动就塌方。但那是京原线通车的关键，能否按时打通关系到整条铁路的进度，我们别无选择，只有拼了！当隧道完工时，我们有十三位战友付出了生命，包括一名营教导员和一名工程师。

每天进洞时，谁都不知道还能不能活着回来。我们把各自父母家乡的姓名地址写在一张纸上，交给不当班的战友们。刚开始还感到悲壮，后来习惯了，就不当回事了，大家说说笑笑往洞里走，跟外面的战友们告别。每天分手都可能是永别，我们心里非常清楚，可谁也没犹豫过，为了理想和军人的荣誉，没把性命看得太重，大家都是怀着一同赴死的心情进洞的。而下工出洞时，我们彼此畅笑，那种感觉，就像被同一个母亲重生一遍，我们走出的不是山洞，而是母亲的盆腔。

就这样，每天往返，同死一回，同生一遍。

记得复员那天，每人都哭得死去活来。我们感到身体被掏空了，心房被撕破了，被撕成好几瓣儿。后来大家像孤魂野鬼一样在社会上混，每当累了倦了，受领导气了，跟老婆吵架了，只要聚在一起，心情就好很多。有个女兵是老姑娘，回城后工作单位不给她分房，说不结婚就没份儿。战友聚会时她委屈得哭个不停，刘刚一拍桌子：“别哭了，不是结婚就分嘛，我跟你结婚！”“可你都结了？”“明儿我就离，等你分到房再复婚。”最后这位老姑娘终于如愿以偿分到房，刘刚则落下“三锅头”的光荣称号。那天我问刘刚老婆：“当年他跟你离婚你怨不怨呀？”他老婆说了句话让我难忘：“你们这帮战友呀，为彼此做什么都不过分！”

对不起，我回答你的问题了吗？

在最容易了不起的年代，最好不要大器晚成

说什么人有“大器”，往往指他在某方面的独特成就。比如何大一，研究治疗艾滋病的“鸡尾酒疗法”，像上帝的巨手，挡住了俗世在做爱问题上的恐惧。还有李安拍摄电影《断背山》，荣获奥斯卡奖。再比如华为的任正非，搞出新型电池，使手机充电时间缩短以分钟计，而待机时间延长几十倍，令苹果暗淡无光。这些均属大器。

世上的“大器”不多，人才难觅。但想成为“大器”的人比比皆是，比如我自己，总想找到一招制敌的诀窍，让中国人扬眉吐气。一看到那些点头哈腰的人我就难过，明明受了欺负，还不敢还嘴，还得拐着弯说话，照顾骂街者的情绪。所以我想成“大器”，一按电钮就让羞辱我们的人口眼歪斜。

可惜到现在还没找到头绪，看来我这个“大器”还得等。

我相信跟我有类似想法的人很多，我的朋友遍天下。我这辈子估计够呛了，关键是如何让你们早日成功，成为真正的“大器”，我不妨贡献点自己的体会。

首先一条就是要早励志，不要相信“大器晚成”的鬼话，净胡扯。历史上所谓大器晚成者，比如姜子牙，说他活了一百三十几岁，谁信啊？现在打鸡血吃人参都活不了那么长。一定要尽早琢磨这辈子干点啥才能对祖国和人民有益，或者让自己立身扬名也行。我自己就开窍太晚，二十啷当岁还胡吃闷睡，人家给介绍个对象，出门时还喊：“妈，我鞋呢？我鞋呢？”这哪儿行啊。

再一条是坚定不移，一旦发现自己喜欢的事，不要怀疑自己。人上一百各形各色，别人的想法很可能与你不同，不同就让它不同去，你走自己的路，做你喜欢的事，定力才是成大器的基础。年轻时想考电影学院，还找专人辅导，朗诵啊，小品啊，跟真的一样。直到面试时，走到大门口犹豫了，自己怀疑自己，你说这辈子当演员行吗？最后还是没迈出这条腿，纠结半天回家了。当时站我旁边那位就是张丰毅，瞧人家现在火得。

还有就是执着，不要考虑成败得失，只要自己喜欢就坚持干下去，脚步不停。有些人喜欢文学，想成为文学大器，着力点必须放在作品上，而非其他。获奖固然好，但不要把重点放在获奖上。除了作品是文学的，其他都不是。写作是自己跟自己说话，需要内心的真诚与坚强。放下笔你是凡人，生活越真实作品越可能出色，作品出色才算大器。比如王小波，平时见面就天南地北地一通胡侃，谈人生谈感受，很少谈文学。王小波坚持靠作品说话，终成大器。所以想成大器就须把劲儿用对地方，人生苦短经不起浪掷。谁想到王小波英年早逝啊，谁能想到自己明天在哪儿啊，亏他活的时候抓紧时间写了不少好作品，否则该多么可惜！

先说这么几句，想好再聊。

一辈子很长，要活成一个有趣的人

对于王小波，大家不仅熟悉他的名字，更爱他的文字。他有很多优秀的文学作品，比如《黄金时代》《青铜时代》《白银时代》，当然还有《沉默的大多数》。

小波的父亲王方名是中国人民大学逻辑学教授，他们一家曾经住在西郊人大的院子里。我对那时的王小波有印象，记得他提着叠型饭盒到食堂买饭的情景。那种饭盒当时很流行，层层叠起。

小波家住在老林园五楼，我家住老林园一楼，与五楼平行，中间隔一条几米宽的马路和柏树墙。小波比我大，当时十三四岁，个子较高。我们不同年级，来往得并不多。他去食堂买饭时总沉默不语，不像我们这群孩子，喧闹着，滚成团儿往前跑。我记得有一次他父亲与人交谈，就在我家楼下，小波站在身后无语。那时我十一二岁，孩子对孩子很敏感，就像狗对狗猫对猫很敏感一样，是本能。我知道他是王方名叔叔的儿子，我跟他爸妈比跟他熟。

现在想想那时的年少生活，恍若隔世，谁也不知长大会怎样。任何成功都不是预先设计的，特别像我们这些50后，命运太坎坷，充满戏剧性。小波未必想过会成为优秀作家。我们院子里还出了另一名作家——陈建功，我俩同为人大附中孙凯飞老师的学生。建功长我五六岁，当时他是木城涧煤矿的矿工，常跟我们这些小兄弟聊生活、谈理想。

林园楼的每个门洞里都有一排信箱，每单元一个，邮递员送报送信就放在里面。有段时间，信箱里散发出难闻的猫尿味儿，愈演愈烈，不久还传出猫崽子的叫声。我们几个孩子好奇，想一探究竟，结果发现信箱背后居然有个洞，猫尿味儿和猫的叫声都是从那里传出的。我们把木棍伸到洞里试探，突然一只发疯一般的大猫伸出爪子抓木棍，发出喵喵的吼叫，吓我们一跳。大猫吼时，还有小猫的叫声跟随。这下我们明白了，是一只大猫在信箱背后生了一窝小猫。我们顿时兴奋起来，日子本来就寂寞，一切都按部就班，没有任何刺激。没刺激的成长是可悲的，可悲到连一只下崽的猫都不肯放过。

我们立刻进入“战斗状态”。当年错过了捣毁日本鬼子炮楼的机会，没办法为祖国人民的幸福生活出一份力，现在机会来了，人们需要我们把这些大猫小猫都弄出来，恢复信箱的整洁宁静。我们热血澎湃，充满使命感，完全忽略了大猫小猫的母子关系，一副驱大救小的滑稽姿态。

一个身材瘦小的孩子钻进信箱试图捞小猫，但被大猫逼退。局势很明朗，不赶走大猫便救不出小猫，赶大猫是当务之急。我们拼命用木棍往洞里捅，但有压迫就有反抗，大猫的抵抗很坚决，毫无退缩之势。局面胶着。

大家涨红的脸泛起汗水，奔前跑后不遗余力，“战斗状态”一目了然。正这时，王小波从我们楼前经过，我们热火朝天的干劲儿引起了他的好奇。原本沉默寡言的他突然问道：“你们干什么呢？”“抓猫！”他马上说：“马云家的猫丢了，别是他家的吧？”马云也住林园五楼，是小波近邻。他这么一说我们有些泄气，折腾半天如果是家猫就没劲了，人家怪罪我们怎么办？“不，绝不是马云的猫，”我们说，“这是野猫，在信箱背后生了窝猫崽，我们要把它轰出来。”小波走近，歪头窥视信箱，然后说：“得用烟熏。”

他让我们找来一截烟囱筒子。那时虽有暖气，但有些人家嫌不够暖，仍烧蜂窝煤炉子取暖，找一截烟囱筒子并非难事。我们找到后，小波到外面拣些干草，塞进烟囱筒子一端，将另一端伸进信箱并且对准那个洞，然后点燃干草。浓烟滚滚很快淹没了整个门洞，我们开始淌眼泪，面露疑惑。就在这时，一只斑斓大猫突然嗖地一下从信箱中窜出，当着大家面跑出楼道，向林园五楼方向逃去。王小波弄灭冒烟的烟囱筒子说：“我没说错吧，你们看，是马云的猫，我认识。”随后大家说笑散去。

后来，山河动荡，世事无常，人们离散。一晃半个世纪过去，他们的人生竟如此闪耀，闪耀得像长明灯一样。

时光似水，物换星移。当年的孩子已经到了天命之年，心却依然年轻着，完全不可思议。这件事我虽未忘记，但从不曾提起，即便后来我与小波成为人民大学同级不同系的校友，我认出他，他却始终没有认出我，也再未提过。现在说，一是斯人已逝，每当回忆往事便会想起他，想起他小时的样子，颇有感触；二是，优秀作家是美好情感的化身，不该轻易遗忘，包括他们的成长，他们的童年。我们那个院子，同一时期竟走出两名当代优秀作家，不奇妙吗？别人可以无所谓，但对我来说，他们不只是平面文字，更是立体岁月。我与他们擦肩而过，对此万分荣幸，也为他们的人生骄傲。

你若崇拜生活像个英雄，生活便会把你宠成孩子

刚才朋友发视频，说有个俄罗斯小伙子突发奇想，组建了一个以老年人为模特的广告公司，大获成功。他选用的模特无论男女均60岁以上，从镜头上看，这些资深模特个性凸显，风采丝毫不输时下流行的“小鲜肉”，完全颠覆了我对美的想象。我不禁疑惑，他们身上散发的无穷魅力，到底源于何处呢？

在我的文字里，一般谈及女人便长发飘逸，因为长发暗示青春，麻花辫、马尾、丸子头、长波浪，等等，都是年轻姑娘或少妇的专属发型。说人家长发飘逸，实际反映了内心对年轻女人的渴望。难得的是，在这个视频中，我居然也看到了飘逸的长发，银光似雪漫天飘洒，晨雾般多情浪漫，令

我惊诧。不仅如此，还有举手投足间散发的风韵，绝不输年轻模特，甚至比后者更多情、更撩人。我搞不懂现在的年轻女模特为何都不许有胸，从上到下一马平川，莫非审美已抽象成符号，跟性别无关了。我是个俗人，你说你非整那么平，人家手往哪放呀，太不负责任了也。

这不是最重要的。让我迷惑的是，究竟是什么如此打动我，这些比我还年长的男男女女，到底哪里让我感动到倾慕的程度？许久过后，我终于想明白了，是他们眼里洋溢的神采，深情优雅，丰富到五彩云霞的程度。五彩云霞，空中飘，那不是一双双眼睛，而是一篇篇传说，是百转回肠的咏叹，是人约黄昏的柳梢，是铁马冰河的蹄踏，是举手相送的凝噎，很多很多，诱惑着我的想象暧昧且困惑，飞向远方。而这些在年轻姑娘的眼里是无法看到的，两回事，她们自以为是的神态轻佻而浅薄，像空旷的处女地，等待着断桥偶遇、红烛昏罗，或桃花潭水去耕耘播种。

因此可以说，这些“资深”模特的魅力源于他们的丰富阅历，像乐章的曲调、诗词的节奏，素描的透视一样奠定了生命的底蕴，是风采依托的凭据。人世间有百媚千红，夕阳朝露、春花秋月，无论哪种，真正隽永的美丽应像多棱镜折射的光彩，必须是丰富的，这种丰富超越文学、艺术的想象，是生命的魅力所在。生存之欲说到底，是对下一次美好的好奇与期待，这恰恰深藏于生活的丰富之中。而这些资深模特所展现的风采会让人情不自禁联想，仿佛品尝美酒的醇度，饮酒讲究几年陈，陈才有故事，喝酒喝的是故事，丰富的本质就是有故事。

可细想又不全对，阅历丰富的人很多，并非人人都有丰富的情感，甚至大多数人没有，活到这个年纪基本就枯萎了，呆板的面孔看不出表情，阅历再丰富也经不住岁月的消磨，哪还有什么神采。换句话说，阅历丰富未必有风采，这只是基本条件并非充分条件，肯定还有某种能量，像活泉那样滋养着生命的品质，否则就无法解释彼此的差距，这种能量究竟是什么，又在哪里呢？

其实答案并不复杂，只要关注那些资深模特的眼神和表情就能感觉出来，挑逗和撩人还能是什么，一定是爱意。“问渠那得清如许，为有源头活水来。”正是心中鲜活的爱意驱动着生命的引擎，从未停顿，一路前行。爱意是美好的情感，当丰富的阅历遇到美好的情感，生命便成为一种艺术。不老的秘诀不是壮阳配方或整容术，而是爱与被爱的自信和勇气；

不是某种必须完成的肢体动作，而是面朝大海春暖花开的浪漫心态。对比眼前这些风情万种的资深模特，完全可以这样说：所有衰老都是自我放弃的结果。美好就是年轻，到死都美好就是到死都年轻，这才是响当当的生活逻辑，简单真实。

纵使明日即将远行，今天也要热泪盈眶。

梦想，终会成为踏五彩祥云而来的盖世英雄

我很羡慕国内专业作家的美妙人生，他们故事编得好，文字有个性，每每读他们的作品我都深感惭愧，但不光这些。更重要的是他们潇洒自如的作家范儿，出门采风啊，请假创作啊，不干别的也能养家糊口呀，这种肃然起敬的社会地位呀，这是我的梦想，我的理想国，只有神仙才能这么活。海外写作根本没这种好待遇，很尴尬，周围的人当你是二百五，生活本身是坚硬的，没收入就没饭吃。靠写作怎么活，海外华文报纸的副刊，千字稿酬顶多 20 美元，上万字给你 200 块。码一万字本就不容易，人家还未必采用。要不怎么说海外作家女士多，不打工也没太大所谓，闲着也闲着，能当作家何乐而不为。男人不同，男人按说是家里的顶梁柱，

一家老小靠你养活，你去当作家了，纯粹是找抽。

有个作家朋友，跟太太定居纽约。头几年见面还递名片，作家某某。他一递名片太太就翻白眼儿，后来还是离了。他让我给他介绍对象，我一提他是作家，女方就说：“九兄你想害我呀，还嫌我命不够苦吗？”所以说作家不行，媳妇都娶不上。

这么一说就清楚了，在海外坚持中文写作，得有荣辱不惊的气度。有一次我们老同学纽约聚会，我是人大工经系毕业的，同学中很多是干金融或做生意的，他们凑一块儿最爱聊的就是股票、房子、高尔夫、滑雪。他们说滑雪不要冬天去，得五月份，去科罗拉多或瑞士，那时的雪质最好，滑雪分几档，绿的、蓝的、黑的。黑的最高级，所以人家专玩儿黑的。我没相关经验，插不上嘴，只能一口一口地喝茶。过半天有人问：“九兄，还写着呢？”听着就像还劳教着似的。

且不说像国内作家那般潇洒，海外写手连作家之名都承受不起。不管写得如何，出门遇见生人，你最好别用作家的身份介绍自己。如果有人问：“你是作家陈九？”我得赶紧解释：“喜欢写作，只是喜欢。”海外中文写作的业余状态，很大程度上左右着海外写手的心态。写作毕竟不能当饭吃，不能当饭的事儿就算业余，业余就是什么都不算。业余京剧演员叫票友，业余作家也只是写作爱好者，算不得作家。

海外华人所从事的行当五花八门，行当以挣钱为准。国内的作家能养家，所以算个行当。而在纽约，作家靠人养，就不是行当。连当地领事馆举办节日宴会，诸如国庆节、春节之类的，请当地华人代表大吃一顿，有工商界的，有金融界的，有开超市的，有开餐馆的，连算命的都有，就是没作家。本来吗，美国是个说英语的国家，你写中文作品给谁看，没人看你算什么作家，美国人知道你吗，主流英文媒体承认你吗，你得过诺贝尔文学奖吗。没有。去去去，边儿待着去。

在海外不算作家，回国更不算。文字这东西看似形而上，其实它像韭菜大葱一样是从土壤里拱出来的。海外中文写作远离母语环境，本来就先天不足，既缺乏比较又难有借鉴。文字是在碰撞中得以丰富和发展的，孤芳自赏很难出精品，更别说成为大家。顺便插一句，有些海外中文写手故意回避与国内文学界接轨，装看不见，一问三不知，写出的文字只是文字，而非文学。对于海外写手来说，与其忙着孤芳自赏，不如抽些时间多关注国内文学界的发展变化，让文字有连着国内脉搏的感觉，这才是越写越好的捷径。国内的好作家好作品太多了，像雨后春笋一般，一茬又一茬，不必都看但不能不看，中文的根基在国内，瓜儿离不开秧。

在海外坚持中文写作确实很不容易，既没面子也没里子。为了写下去，我必须努力工作，让妻子儿女有体面的生活。在美国我读过两个硕士专业，一个是国际事务，这个专业无法让我找到一份体面的工作。另一个是信息系统管理，这个学位给了我养家糊口的本钱，成为一名公共部门的主任数据师。这个工作好坏兼半，坏的是责任重大，数据系统出问题会影响整个系统的运行，须慎之又慎；好的是，工作相对稳定，收入也相对合理，小康生活不必赊账。妻子是一位画家，能安静地画她的画，儿女能用上新款手机，这样我的长夜就安宁了。我可以心安理得地躲到角落里，不接电话，假装听不见别人的呼叫。写作的时候我怕被打搅，尤其在我施展“变身术”的时候，我偷偷地将自己变成故事中的主角，随着情节一同飞翔，借着想象的翅膀在无边的自我中翱翔，把从小到大的恩怨情仇，把所有通过阅读和道听途说获取的信息符号，浸在情感里，再像撒尿和泥一样重组，一个光屁股小男孩在残阳如诉的绚烂中，纯净地玩乐。

别让漂泊的恭卑暗淡我生命的意义，别让逼仄的文化氛围刺伤我的自尊，让一切孤零零的感觉滚开，把所有的赞美和轻蔑置之度外。

我的内心是我的梦，是五彩云霞空中飘，是天上飞来的金丝鸟。

或许这正是我当下的写作状态，一个幽灵，一个孤独的幽灵在纽约徘徊。我在纽约从事中文写作二十余载，经历过很多写手来来往往潮起潮落的过程。但无论如何，仍有不少人执着地行走在这条无助的寂寞之路上，包括我自己。有人说文学是功利的，语不惊人死不休，我的感觉恰恰相反，海外中文写作虽说不伦不类没皮没脸，但起码有一利，我们写作的动机是纯粹的，因为热爱，为构筑生命而记录情感，能发表固然好，即便只能贴在自己的博客上，还是会继续写下去，这正是海外中文写作经久不衰愈演愈烈的原动力。你可以理解为这是对孤独的逃避，一种内敛自省的苦渡，或清风明月的独白，是无边无际的安静与放手，是为保持内心平衡，不被平庸的居家生活逼得去偷情，或到大街上放枪，而给自己创造的宗教。我觉得自己是一部蒸汽机车，所有煤炭都已填进炉膛里，就这一锅了，一槽儿烂，能烧多久烧多久，能跑多远跑多远，把所有滚烫的世俗抛开，天地悠悠长风板荡，让我的多情和丰富在内心开花结果，然后腐烂。

如果说我是荡起双桨的小船，心底绝无“小船儿推开波浪”的浪漫轻松。只愿孤舟苦渡，早日成为伟大中华文化的沧海一粟。

图书在版编目（CIP）数据

活着，就要热气腾腾 / 陈九著. -- 南京：江苏凤凰文艺出版社, 2018.9（2018.11重印）
ISBN 978-7-5594-0097-0

Ⅰ. ①活… Ⅱ. ①陈… Ⅲ. ①随笔－作品集－中国－当代 Ⅳ. ①I267.1

中国版本图书馆CIP数据核字（2017）第317667号

书　　名	活着，就要热气腾腾
作　　者	陈　九
责任编辑	邹晓燕　黄孝阳
出版发行	江苏凤凰文艺出版社
出版社地址	南京市中央路 165 号，邮编：210009
出版社网址	http://www.jswenyi.com
发　　行	北京时代华语国际传媒股份有限公司　010-83670231
印　　刷	北京中科印刷有限公司
开　　本	880×1230 毫米　1/32
印　　张	8
字　　数	150 千字
版　　次	2018 年 9 月第 1 版　2018 年 11 月第 3 次印刷
标准书号	ISBN 978-7-5594-0097-0
定　　价	45.00 元